U0067932

不存在的世界

的世界

藍色水銀 著

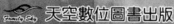 天空數位圖書出版

序

　　本故事的主題依舊是毒品，在沒有靈魂的軀體中寫的是大盤，這個故事則是中盤、小盤還有吸食者。關於書名，想了三個名字，有《虛幻的世界》，《活在虛無縹緲中》，還有我最後決定用的：《不存在的世界》，因為吸毒的人經常進入一些虛幻的世界中，就像是活在虛無縹緲中，他們腦海中的世界事實上是不存在，所以就用了這個名字。

　　毒品的故事在電影中算是老題材了，這一本不會是第一本，更不會是最後一本，部份靈感來自尼可拉斯凱吉主演的爆裂警官，雖然那是部不怎麼好看的電影，不過身為他的影迷，就不計較那麼多了。

　　吸毒對身體的壞處就不贅述了，不過衍生出來的後遺症是很多人無法想像的，除了治安問題，還有家庭問題，甚至可能造成整個社區或區域的治安問題，如果吸毒者分散在全世界各個角落，那麼這些地方都會存在一些潛在的威脅，什麼時候會發生，沒有答案！

　　當然，也有人在戒毒之後非常成功，飾演鋼鐵人的小勞勃道尼，在歷經兩次的戒毒後，以鋼鐵人這個角色就賺進二億八

千萬美元，誰能想到票房毒藥會變成票房保證呢？而且還協助許多其他演員也被受歡迎，所以，別看輕任何想改變的人，也包括你自己。

藍色水銀

目　錄

壹：亡命之徒

　　高雄市美濃區某個派出所，一個員警穿上防彈衣，走出派出所騎上警用機車，他一如往常的照著巡邏路線騎在成功路上，路旁一部黑色的三菱 LANCER 拋錨了，掀開的引擎蓋前，有一個身高一百八十公分高的男人正在檢查，警員騎到他的旁邊關心地問：「需要幫忙嗎？」這男人身穿白襯衫黑色西裝褲，突然從背後拔出一把黑色手槍，近距離朝警員的眉心開了一槍，員警倒臥在他的機車旁，當場死亡，男人從容地蓋上引擎蓋，上車轉動鑰匙，臉上露出邪惡的笑容，然後開始大笑，踩下油門離去。

　　兩小時後，台南市警察局外，黑色的三菱 LANCER 停在門口，那男人拿出一把衝鋒槍藏在黑色背包裡，走下車，慢慢走向服務台，忽然間他拿出衝鋒槍向人群掃射，距離他最近的員警當場死亡，另有七人分別中彈倒地，哀號聲不斷，他緩緩走出那裡，背後一個員警向他開槍還擊，他回頭開始掃射，員警胸部和腹部分別中彈，躺在血泊中，其他的幾名警察都蹲下來不敢探頭，男子走到門口，遇上一部剛巡邏回來的警車，他立即向警車瘋狂射擊，兩名員警只能任其宰割，身上彈痕累累，鮮血直流。

　　桃園市平鎮區平鎮分局裡，當班員警及幾位警察正在吃宵夜，看著電視上報導這兩件殺警事件，一名員警手中拎著一個便當，從門口走進那裡，一顆手榴彈從他的頭頂飛過，落在茶几上打翻了宵夜，最後滾到其中一名警察的身旁，只見那警察

正要將手榴彈拿起卻已來不及，手榴彈將在場四名警察炸成重傷或死亡，分局的對面，身穿白襯衫黑色西裝褲的男人走進黑色的三菱 LANCER，臉上依舊露出那邪惡的笑容，然後再度開始大笑，踩下油門揚長而去。

　　台中市第五分局刑警隊裡，隊長林欽平因公殉職，由他的堂弟林智偉接替他的職缺，他的桌上有兩件公文，一件是加強掃蕩毒品，另一件是限期捉拿殺手蕭奇霖。

　　資料上一張照片，就是連續犯下三起殺警案的男人，第一排的敘述寫著：軍火販子邱昱民同夥，擁有數量龐大之武器，請同仁勿單獨對抗，圍捕時盡量注意自身及民眾安全。林智偉皺著眉頭看著這一份資料，因為他是這個案子裡的負責人之一，公文裡清楚的寫上各縣市的負責人，從北到南，從基隆市到屏東縣，他的名字就在台中市的後面，還印上了電話。

　　黑色的三菱 LANCER 裡，蕭奇霖拿出一個小小的塑膠夾鏈袋，倒出一點點白色粉末在手掌背面，他將手背湊到鼻孔前，用力一吸，很快的，臉上就是滿足的表情，過了一會，他又開始笑了，他的眼裡看到的事物開始變了，一個約八十歲的老婆婆從他的眼前經過，他卻看成是一個穿著藍色三點式比基尼的辣妹，喔！不，那可是他的夢中情人，他的偶像，他的女神關芝琳，不過，那也只是他的幻覺而已，因為在旁人的眼裡，那個老婆婆依舊是個老婆婆，不是關芝琳，更不可能穿著藍色三

點式比基尼，蕭奇霖冷冷地笑著，嚇壞了老婆婆，她快步的離開那裡。

貳：絕命追殺令

　　發狂似的蕭奇霖到處犯下殺警案，觸怒了警方，更觸怒了總統。

　　「我限你三天內宰了他，否則我就下令加強掃黑，讓他們都活不下去。」總統怒氣沖沖對警政署長說。

　　「我會盡力的。」警政署長回答。

　　「不是盡力，是一定要做到，否則你就準備退休吧。」

　　「我知道了。」

　　「答應我，一定要做到。」

　　「我答應你。」警政署長心不甘情不願的回答總統，一臉不悅地轉身離去。

　　警政署長的辦公室裡，他和六個幕僚開會，不，他是轉述總統的話。

　　「總統限我們三天內殺了蕭奇霖，還有任何想幫助他的人。」

　　「時間太短了。」一名高階警官回答。

　　「我不管，平常給你們那麼多經費養線民，現在該是回饋的時候了。」

　　「可是那些黑道人物裡沒有人願意做白工的。」另一名高階警官回答。

「放心，總統說獎金五千萬，他會指示相關單位撥款的。」

「要如何認定呢？」

「先去安排記者會吧！其他的交給我。」

「是，署長。」

六名幕僚開始撥電話通知全台灣的各警察局，而各警察局接到電話後又開始通知各分局，以至於派出所，最後是所有的警察，這道命令是口述的，內容是：蕭奇霖手段兇殘，無需經過法律程序，即刻起全力追殺，包含任何同夥。

電視新聞台上正在聯播警政署的記者會，記者會的手段軟硬兼施，警方請了蕭奇霖的父母親出面，勸他投案，而電視台相當配合政府的動作，每十分鐘就播出一次這段記者會，經過一個小時之後，第二個記者會開始了。

「任何人幫助警方捉拿蕭奇霖成功，都可以獲得五千萬的賞金，這是他的照片，還有，任何想幫助他的人，將被視為殺警案共同正犯。」警政署長比著身旁的照片說。

台北市松山區光復北路延壽街口，于筱蟬拎著兩個便當跟幾瓶飲料，行色匆匆，快步走進巷子裡，進入一間公寓，從一樓爬上三樓，打開門，並急著關上門，一個巨大的身軀忽然出現在她後面。

「你想嚇死我嗎？」

「怎麼樣？外面情形如何？」蕭奇霖問。

「你死定了，街頭巷尾貼滿了你的相片，各種造型都有，條子說要在二十四小時內找到你。」

「妳這裡安全嗎？」

「他們遲早會找上門的，我爸媽知道我跟你交往過，說不定等一下電視上就會有我的照片。」蕭奇霖打開電視轉到新聞台，電視上正播著于筱蟬父親的談話。

「筱蟬，如果妳現在跟那個畜牲在一起，勸他快投案吧！」

電視上出現了他的父親提供的于筱蟬的照片。

參：虛幻的世界

公寓的二樓，住了一個藥頭：蔡文正，身高一百六十三公分，體重四十七公斤，年齡約四十歲，長相清秀，十八歲的時候第一次接觸到海洛英，從此以後便無法脫離苦海，進出監獄已經九次，現在是海洛因中盤，他剛剛進入了一個未知的世界！

監獄裡，典獄長忽然走進他住的牢房，身後兩個女人，身材絕佳，臉蛋超正，典獄長說：「好好享受吧！」典獄長轉身離去，兩個女人開始為他脫衣服，並開始幫他洗澡，然後做愛。不過這些都是虛幻的，蔡文正終於清醒了，他光著身子躺在地板上，滿地的衣物，沒有美女陪伴他，也沒有牢房，只有一地的髒亂！他雙手不停地按著頭，因為頭痛欲裂！痛不欲生！此時腳尖踢到了一個伏特加的空瓶，那是他的習慣，毒品混合著伏特加使用！他坐到沙發上，拿起搖控器，打開電視轉到新聞台，電視上正播著于筱蟬的照片和新聞，蔡文正忽然間被嚇醒了。

「這馬子不是住在樓上，遭了，萬一查到這裡就麻煩了。」他自言自語的說著，連忙收拾起桌面上一百多萬的現金跟一包海洛因，拿出藏在衣櫥中的土製手槍，放進包包裡，急忙的離開那裡，用小跑步下樓，在一樓的門口撞到了正要回家的秦美玉，現金散落一地，毒品跟槍也都掉了出來，一旁埋伏的警察等他收拾好，突然出現在他面前用槍指著他，將他逮捕。

「小姐，妳住在這裡嗎？」其中一個警察問秦美玉。

「我住五樓。」

「家裡還有別人嗎？」

「我不知道！也許有。」

「妳可以打電話上去叫他們不要出門嗎？」

「可以。」秦美玉打了一通電話，但沒有人接。

「小姐，我們懷疑這棟公寓藏有要犯，請妳先到別的地方休息，以免危險。」

「我知道了。」秦美玉立即轉身離去。

肆：背叛

　　傍晚五點多，天色有些昏暗了，于筱蟬走出公寓，形色匆匆，不時回頭看有沒有人跟蹤她，她走了五百公尺左右，找了一家便利商店，走到公共電話旁，拿起話筒按下三個字：110，她決定背叛蕭奇霖。

　　「勤務中心您好。」

　　「你好，我是于筱蟬，我知道蕭奇霖在那裡，真的有五千萬嗎？」

　　「當然是真的，請把地址給我。」她掛上電話走到馬路邊攔了一部計程車，計程車停在松山分局門口，然後她走進那裡。

　　在公寓中的蕭奇霖等了半小時，他發現苗頭不對了，附近就有賣便當，為什麼于筱蟬會出去那麼久？太安靜了，整棟大樓似乎沒有人出入。他的懷疑是對的，附近的商家全都停止營業，警方悄悄撤走了所有的居民，除了一個人：秦美珠。

　　秦美珠跟秦美玉住在一起，她喜歡戴耳機將聲音轉得很大聲地聽音樂，所以剛才她沒有聽到秦美玉打來的電話，也不知道警察有敲門，她肚子餓了，正要下樓吃飯，她從五樓往下走，走到三樓的時候，門忽然打開了，蕭奇霖將她拉進屋內，她嚇了一跳，但沒有尖叫，她一整天都沒有看電視，根本不知道蕭奇霖是何方神聖！

「別出聲，只要妳配合我，就不會受到傷害。」

「請問你想劫財還是想劫色？」

「兩樣都不要，我要妳當人質。」

「為什麼？」秦美珠一臉疑惑，蕭奇霖打開電視。

「妳看。」

「那個人是你。」她向後退了兩步，想跑但腿軟了，但不知道為什麼？她的恐懼感忽然全消失了。

「耶！你值五千萬呢！」

「糟了，那個賤人一定出賣了我，到現在還不回來。」

「筱蟬姐哦！她經常跟二樓的藥頭拿四號仔，當然缺錢嘍。」

「他媽的，現在樓下被條子包圍了，我看我跑不掉了。」

「安啦！只要你保證我的安全，我就幫你逃離這裡。」

「好，我保證。」

「先到我家吧！」秦美珠說完後蕭奇霖愣了一下。

「還不走。」

「耶，你扮女人還頗具姿色的嘛！」秦美珠的家裡，她幫蕭奇霖化妝，讓他戴上假髮，穿上女裝。

「別惹我生氣。」

「走吧！上陽台。」秦美珠手比著上方說。

陽台的最邊緣，兩個人站在那裡！秦美珠手比著遠方。

「跳過去！再從那棟的屋頂爬到大賣場，你就脫身了。」

「謝謝你。」

蕭奇霖順利逃脫，秦美珠大搖大擺走出公寓，一名警察緊張地將她拉到一旁：「小姐！妳有沒有碰到什麼人？」

「沒有，我住在這裡，出來吃飯的。」

「原來是大明星秦美珠小姐，失禮了，我們正在追捕槍擊要犯，對了，剛才妳怎麼沒應門？」一名眼尖的刑警走過來問她。

「喔！我整天都得練習劇情，戴上耳機以後就聽不到其他的聲音了。」

這時警方已經不願意再等下去，便下令攻堅，一顆顆催淚彈射進公寓三樓，又找了一個鎖匠打開門，丟了一顆震撼彈進屋裡，震耳欲聾的聲音連附近的小狗都瑟縮起來，並露出害怕的眼神，結果，警方當然是白忙一場。

松山分局裡，于筱蟬毒癮發作，警察叫了救護車，她在車上漸漸失去意識，終於結束了生命。

伍：雙胞胎美女

　　台北市敦化北路上的中泰賓館外，一部黑色 BMW520，一個男人坐在駕駛座上，他從旁邊的座位上拿起了一個黑色包包，從裡面拿出一大包已經分裝好的安非他命，他搖下車窗，窗外兩個妙齡女郎，長髮、細眉、大眼、堅挺的鼻、薄唇、瓜子臉、豐胸、細腰、豐臀、美腿，穿著時髦，略施薄粉，任何男人看到她們都會將眼光停在她們身上許久，她們是雙胞胎美女，姐姐章禹涵，妹妹章禹嫻，兩個人幾乎長得一模一樣，加上相同的穿著，讓人不注意她們都很難。

　　「傑哥！謝啦，明天我們台中見。」章禹涵從男人手中接過安非他命。

　　「迪迪見。」

　　「再見。」詹一傑發動車子，往台中的家出發。

　　中泰賓館裡面有一間 KISS 迪斯可，跟台中市的迪迪 Disco 一樣，是放鬆心情狂歡的地方，不過這種地方經常藏污納垢，是毒品販賣的主力，世界各地皆然，台灣也無法例外，兩個美女進入之後迅速發貨，才十五分鐘，她們就走出那裡，包包裡幾十萬的現金，差點掉出來，章禹涵伸手用力將錢向內塞，走到附近的停車場裡，快速離開。

　　章禹嫻拿起包包開始點鈔票，不一會就數完了。

「三十萬。」

「還不錯。」

「吃宵夜嗎？」

「好啊。」

「今天賺了不少，不如我們去吃牛排。」

「楓丹白露？」

「是啊！那裡的牛排很棒。」

「不怕胖？」

「怕什麼！又不是天天吃，反正我們有在運動。」

「我很累，今天我想睡飽一點。」

「那就是要我自己去運動。」

「當然。」

「也好，我想去大坑爬山，妳最討厭爬山了。」

「我討厭的是小黑蚊。」

「好吧！那我就自己去嘍。」

「到了。」

楓丹白露，一間西餐廳，跟大部份的西餐廳差不多，但它的特色是只有營業時間，沒有休息時間，全天候供餐，凌晨一點十八分，冷冷清清地，因為今天不是假日，所以只有一桌有

客人，一個人坐在那裡，上市公司金豐輪胎的董事長，五十七歲，老婆已經死了十九年，沒有再娶，個性越來越孤僻的他，開始上酒店、嫖妓，但是他發現歡場無真愛，於是他經常到楓丹白露吃飯，想替自己製造一些機會，一年前，他在這裡認識了這對雙胞胎，並且開始吸食安非他命，今天當然不例外，兩姐妹走到他的座位旁坐下來。

「張董，今天要不要？」章禹嫻問

「照舊。」

「好。」

章禹嫻拿出一個香菸盒交給他，張董拿出一疊鈔票交給章禹嫻。

「妳們兩個不考慮我的條件？」

「張董，我們兩個雖然感情很好，但是兩女共事一夫，恐怕你會無福消受。」章禹嫻說。

「如果是一個呢？」

「張董，我知道你喜歡我們兩個，可是，您的年齡對我們來說，真的有點距離了。」章禹嫻說。

「你嫌我老！」

「話不能這麼說，我們才二十二歲。」章禹嫻說。

「如果我改變條件，娶妳們其中一人呢？」

「我要你簽下財產分配的文件，我只要十分之一，我知道你有三個兒子，這樣他們各百分之三十，就不會有太大的爭議。」章禹嫻說。

「我還沒死妳就開始覬覦我的財產。」

「我只是要有個保障。」章禹嫻說。

「我考慮考慮。」

「我等你。」

「妳真的想嫁給他？」兩姐妹走到另外一桌坐下，章禹涵說。

「不想。」

「那妳剛才幹嘛那樣說？」

「我要的是錢。」

「也好！那老頭身價至少三十億，十分之一也有三億了。」

「沒錯，只要我操他個兩年，不用多久他就差不多了。」

「妳好邪惡。」

「彼此彼此。」

「我才沒有。」

「妳心知肚明，又何必要我點破。」

「好吧！我承認我也很壞。」

陸：不義之財

回到台中市老家的詹一傑躺在床上，桌上散落著數百萬的現金，他轉過頭望著那一堆錢，起身往那些錢的旁邊走過去，拿起一包黑色大衛杜夫的香煙，用手一抖，抽出其中一根放進嘴裡含著，用一個藍色打火機點燃了它，打火機上貼著一個穿三點式泳裝的金髮波霸，他看了一眼後打開電視機，新聞台播放的依舊是蕭奇霖的新聞。

「小紅姐，我是阿傑，幫我送個妞過來。」他長嘆了一口氣，拿起電話。

「要豐滿的還是瘦的。」電話那頭傳來甜美的聲音。

「豐滿的，要漂亮一點，不然以後不捧場了。」

「放心吧！我知道你要的是什麼！」

他開始將錢放進點鈔機裡，慢慢地整理，一疊十萬元，桌上總共有三百四十萬，然後他又點了一根煙，這時門鈴響了，打開門，是一個年輕女孩，上圍果然很偉大，至少有 E 罩杯。

「進來吧！」詹一傑收起那些錢，拿了其中一疊給那個女孩。

「不用這麼多。」她是大陸來的女孩，口音一聽就知道了。

「妳怎麼知道不用這麼多！」她愣住了，不知怎麼接話。

「我要妳陪我三天，一天三萬，一萬是紅包。」

「我要打電話回去。」於是她拿起電話報告情況。

詹一傑已經過慣了一個人的生活，現在蕭奇霖的事很可能會連累他，所以他已經心生退休之意，他決定去渡假，可是一個人去太無聊，所以他找了一個人陪。

「好了嗎？」詹一傑問。

「可是我要回去拿衣服。」

「不用了，等等我載妳回去。」

「好。」

「等我一下。」他拿起剛才裝進現金的袋子，收拾幾件衣物，留了一張字條，貼在梳妝台上：媽！我去墾丁玩三天，錢放在老地方！

「走吧！」

「要去玩三天？」

「當然。」

「我不會游泳耶。」

「妳知道墾丁？」

「知道。」

「我只是去散心。」

「不必游泳？」

「不必。」

「要曬太陽嗎？」

「妳可以撐傘跟抹防曬油。」

「兩樣我都沒有。」

「我有。」

「喔。」

「還有問題嗎？」

「沒有了。」

　　車子在一個小時後到達了彰化縣芳苑鄉新寶村，車子停在
新寶教會前面，兩人走進教會。

　　「好久不見了，阿傑。」一名中年男人走過來。

　　「你好，黃牧師，最近好不好？」

　　「景氣不好，捐款很少，我們現在又超收了十幾個小孩。」
黃牧師面色忽然凝重了起來。

　　「別擔心，我幫你。」詹一傑將包包交給黃牧師。

　　「這麼多！」黃牧師驚訝地看著手中的三百萬。

　　「小思意，不夠的話打電話給我。」

「謝謝！我代替這些可憐的小孩謝謝你。」黃牧師感動地流下眼淚。

「別這樣！」兩人面對面，詹一傑看著黃牧師擦去眼淚。

「謝謝你。」

「我該走了，讓孩子們去好好吃一頓吧！」

「我會的。」

車子繼續往南方駛去。

「你把錢全給了孤兒院？」

「是啊！怎麼了？對了，妳叫什麼名字，那裡人？」

「李彤，安徽省合肥人。」

「我賺的錢都是不義之財，而且那些只是小錢。」

「你可以幫我嗎？」

「什麼意思？」

「我不想再做雞了。」

「妳想怎樣？」

「跟你借錢。」

「妳欠紅姐多少？」

「三十萬。」

「行了，我會跟她說的。」

「可是紅姐不會這麼輕易放過我的！」

「放心，我跟她十幾年交情了。」

「這樣吧！妳留在台灣陪我三個月，我給妳一百萬帶回家。」

「真的嗎？」

「說到做到。」李彤高興地哭了。

「別哭好嗎！我最怕女人哭了。」

「人家高興嘛。」

詹一傑看了許多同行不是黑吃黑火拼喪命，不然就是被判重刑，他知道再這樣下去有錢也沒命花，所以開始行善，這是他第一次巨額捐款。

李彤也算是個可憐的女孩，剛好又是他喜歡的型，所以他就暫時將她留在身邊了！三天的時間很快就過去了，詹一傑要李彤回去打包，搬過來跟自己住。

「妳搭計程車回去，我還有事要處理，打包好了就打電話給我。」

「我知道了。」

柒：兄弟重逢

　　李彤走了之後，詹一傑回到房裡，又點了一根煙，打開電視，蕭奇霖從另一個房間走過來，敲了他的門兩下。

　　「阿奇，是你啊！怎麼來也不通知一聲，好在我老母不在，要不然她一定會被你嚇死。」

　　「有沒有吃的？我好餓。」

　　「放心！我這裡吃的東西很多，一星期不出門也沒問題。」

　　「我可以住在這裡嗎？」

　　「不行！條子已經來過幾次了，我有一間套房，是給下線住的，先給你住，明天她們來就去住飯店，你就暫時躲在套房裡面吧。」

　　「安全嗎？」

　　「那裡沒有管理員，半夜過去一定沒人啦。」

　　邱昱民、詹一傑、蕭奇霖三人是多年的好友，於是聊起過去的一些往事，他們曾經走私大量槍械，賺了不少錢，邱昱民給遊民一筆錢，在台中大雅買了一塊地，挖了很大的地下室，但地面上只有十坪大的套房，他們在地下室藏了數量龐大的軍火，並在那裡練習射擊與保養槍械。

　　三人都戴著專用的耳罩，也都舉起手中的黑星手槍，邱昱民用左手比比五、四，也就是倒數，接著他們朝著前方約十公

尺的人形目標猛開槍，前四發是右大腿，後四發是左大腿，換
了彈匣之後，前四發是心臟，後四發是眉心。

「阿傑，有進步喔！」邱昱民比著詹一傑的靶。

「還是阿奇比較厲害，發發命中。」詹一傑說。

「多練幾發就會啦！」蕭奇霖說。於是他們換了人形目標，
又拿起另外三把手槍，只是這次的順序倒過來，從眉心開始射
擊，打完三十二發之後，蕭奇霖便坐在一旁休息，兩人又練習
了六個彈匣才停止。

「你們看，這次你們兩個也是全部命中。」蕭奇霖說。

「去喝酒嗎？」邱昱民問。

「先把槍洗好再出門。」蕭奇霖說。

三個人曾經同甘共苦過一陣子，不過因為詹一傑個性使然，
漸漸疏遠兩人，自從邱昱民被警察殺了以後，他就知道麻煩一
定會上身，所以異常低調，賣掉了價值千萬的超級跑車，並且
不再出入酒店，只有靠幾個下線在賣安非他命，並且非常小心，
所以一直都沒有被捉。

凌晨三點，兩人正要出發到套房，但滿街的警車，一車一
車地檢查，讓兩人打了退堂鼓。

「天亮再出發吧。」

「幹！逼得這麼緊。」蕭奇霖臉上露出殺機。

「誰教你要報仇！忍一下又不會死。」

「阿民死得好慘。」

「那是他的命，怨不得人。」

「難道要他白白的死掉。」

「話不能這麼講，他殺了條子，害得我們這些兄弟也很難過，現在出門都不敢帶槍，他們最近下了格殺令，任何人開槍反擊就格殺勿論。」

「幹！我就是不爽啦。」蕭奇霖情緒非常激動，不過詹一傑攔住他。

「行了行了，陪我喝兩杯。」

「傑哥，我是李彤，你可以過來載我嗎？」最後兩人都醉了，醒時已經是下午一點，電話響了。

「晚一點吧！我再打給妳。」

捌：雲端的世界

　　大多數的人，永遠不會知道開一棟房子在馬路上的感覺，也不知道將一部車子戴在手指上把玩的感覺，前者叫做名車，後者叫做珠寶，如果這兩樣都玩得起的，就是所謂金字塔頂端的消費者，他們的生活我稱之為雲端的世界。

　　失控的靈魂系列電影終於拍完第三集，秦美珠帶著兩個妹妹美鳳、美玉走進銀行。

　　秦美珠：二十七歲，身高一六七公分，體重四十八公斤，頭髮過肩約十五公分，額頭很高，濃眉，一雙充滿自信的電眼，堅挺的鼻子，略大的嘴但上唇薄下唇厚，非常性感，略方的臉讓她看起來就像是個女強人，她的樣子很成熟，卻又不失現代感，天生就是大明星的架勢，任何人在馬路上見到她，都會忍不住多看她兩眼，十七歲就進入演藝圈，熬了六年，終於開始擔任女主角，短短四年就拍了十部電影，六部偶像劇，代言的廣告多達七十五種，這讓她的荷包滿滿，身價超過三億，所以她開始過著奢華的生活，但是她很敬業，每天工作十四小時，她的座右銘就是：成功是要付出代價的，我付出的是我全部的青春。

　　秦美鳳：二十五歲，身高一六五公分，體重四十五公斤，頭髮很短，就像港星袁詠儀那樣的短髮，濃眉、大眼，但看起

來沒有侵略性，鼻頭是圓的、嘴巴跟秦美珠相似、瓜子臉配上短髮看起來非常的陽光，是標準的陽光型美女，二十歲進入演藝圈，雖然很美，但因為演藝圈通常是外表有特色的人比較容易紅，所以她的演藝之路不算順遂，拍了四十多部電視劇都是配角，十五部廣告也是配角，三十六部電影依然是配角，除了一部電影：檳榔攤內的春天，她飾演女主角，可惜票房不佳，所以一直在這個圈子裡浮浮沉沉。

秦美玉：二十一歲，台灣大學植物系高材生，追求者眾多，身高一六四公分，體重四十三公斤，長髮過肩三十公分，細眉、大眼，一雙隨時都在放電的眼睛，任何男生注視她都會以為她對你有意思，台大至少有五十個男生想追她，不過她暫時不想交男朋友。鼻子跟秦美鳳一樣，就像一個模子刻出來的，嘴巴大小適中，雙唇都很薄，笑起來很甜，也是瓜子臉，身材凹凸有致，可以說是宅男們的女神。

一個明星走進銀行就已經很受人矚目，更何況是兩個，外加一個美女，她們立即吸引了大部份的目光，一名招待人員立即認出了秦美珠。

「秦小姐，請問要幫您辦理什麼樣的服務呢？」

「提款，我要五百萬現金。」

「沒問題！請跟我來。」四人走進一間貴賓室。

「請稍等。」

「秦小姐，如果您以後需要提款超過五十萬，請先打電話給我，這樣可以節省您的寶貴時間，因為巨額提款需要申報。」她遞了一張名片。

「謝謝妳。」

「需要護送員嗎？」

「送我們到交流道可以嗎？」

「沒問題。」

「姊！那麼多現金要幹嘛？」點鈔機不斷地將鈔票數著，美玉忍不住問了。

「買珠寶，還有包紅包嘍。」

「喔。」

「妳缺錢用？」

「有一點。」

「那等等拿一疊去。」

「謝謝姊姊！妳真是我的貴人。」

「省點花，萬一我不紅了，妳就得打工念研究所了。」

「知道了。」

「美鳳，妳要不要接女主角？」

「那部戲？」

「重要嗎？這麼多年了，也該是讓妳長大的時候了！」

「我不懂？」

「妳該敬業一點。」

「什麼意思？」

「知不知道妳為什麼不會紅！」

「不知道？」

「以前我不說是因為妳還需要磨練，現在妳已經很熟悉這個圈子了，沒有理由繼續當配角，我決定撥一些合約給妳，減輕我的負擔，增加妳的知名度，我們回台中市之後，我幫妳找一個設計師，讓妳有特色一些，加深觀眾的印象。」

「我知道了。」

這時錢已經數好也裝進袋子裡。

「秦小姐，謝謝妳，要不要再點一次？」

「不用了，我相信你們一定很謹慎處理這次的交易。」

「謝謝！會有護送員跟著妳們的車到交流道口的，再見。」

「再見。」

　　「妳們兩個坐好嘍！我要試試這部車的能耐。」一部白色的瑪莎拉蒂在台北市重慶北路上了高速公路，兩部護送的黑色轎車在交流道入口停了下來，瑪莎拉蒂的駕駛座上是秦美珠。兩個妹妹確定好已經繫上安全帶，並且一隻手拉著把手之後，秦美珠大喊：「Let's party！」

　　她猛力一踩油門，車子瞬間爆發驚人的馬力，車速從時速七十公里到一百五十只花了沒幾秒的時間，並且快速超過許多車子，她們穿越在車陣中，車子實在很多，所以她只能不斷超車，過了十分鐘，車流量終於變小，車速漸漸可以變快，秦美珠沒有浪費一絲的機會，將油門踩到底，車子一會就變得飛快，時速表的指針超過兩百並持續向兩百三十邁進，坐在後座的秦美鳳終於受不了。

　　「姊！開慢點啦，太快了啦！」

　　「知道了，一百八可以嗎？」她放掉油門讓車速稍微降低！

　　「再慢一點。」

　　「一百六？」

　　「現在一百六？怎麼可能？」秦美鳳驚訝的說。

　　「妳自己看儀表板。」

　　一部好的車子就像這樣，即使已經時速一百六，操控性依然很好，很平穩，不像大多數的平價車，時速到了一百六就開始出現噪音，還有不穩定的輪胎回傳，方向盤會開始抖動，這些現象，不會出現在瑪莎拉蒂身上。秦美珠如魚得水般地玩著她的大玩具，路況稍微允許就繼續狂飆，兩個妹妹不時尖叫，但她們多慮了，秦美珠技術不錯，一路上經常都是時速兩百多，而且很快的她們就到了台中市。

玖：祖母綠項鍊

「姊！妳太猛了。」秦美鳳說。

「怎麼說？」

「台北到台中，只花了五十四分鐘。」

「那是車好。」

「我可沒妳那麼厲害。」

「以後就不用急著回台北了。」

「這倒是，現在要去那裡？」

「成功路。」

　　台中市成功路上，珠寶店跟銀樓林立，其中一家的門口沒有停車，秦美珠將車開到那裡，三姊妹走進店裡，眼尖的老闆王漢聲立即認出了秦美珠。

「妳好，秦小姐，需要什麼呢？」

「你好。」

「三位想買什麼樣的珠寶呢？有沒有預算上限？」王漢聲遞出名片問道。

「祖母綠，戒指，三百萬。」秦美鳳簡短地回答他。

「呼叫翔翔。」王漢聲拿起無線電。

「回答。」

「貴賓到。」

「收到。」

「三位美女，請上二樓。」王漢翔、王漢威是王漢聲的弟弟，王漢翔從二樓走下來，停在秦美鳳面前。

不到三十秒的時間，店裡又來兩個美女，雙胞胎美女，章禹涵姊妹！

「兩位好，妳們是雙胞胎？」

「是啊。」

「需要介紹嗎？」

「我要一克拉左右的鑽石戒指。」章禹涵說。

「我要墜子。」章禹嫻說。

「也是一克拉？」

「是的。」

「兩位知道行情嗎？」

「不知道。」她們異口同聲地回答。

「四 C ？」

「不知道。」她們又異口同聲地回答。

「Color 是顏色、Clarity 是淨度、Cut 是車工、Carat 是克拉。」於是王漢聲開始解釋，經過一翻功夫，兩人作了決定。

「我們要顏色 F、VVS1、切割完美，一克拉的。」

「等等。」王漢聲拿了兩盤戒指出來。

二樓的三姊妹已經買完戒指，準備離去，全心全意挑戒指跟墜子的雙胞胎並未注意到後方有人經過，王漢聲舉起手，跟她們揮手道別。一個多小時過去了，雙胞胎終於決定要那一個戒指。姊姊拿出一大袋現金，點了九疊給王漢聲，她們直接戴在手上跟脖子上，興高采烈地離開。

「哥！那三姊妹……」

「我知道！是明星。」

「不，我是說她們挑了最貴的祖母綠。」

「這麼有錢！那要三百四十萬呢。」

「她們付現金耶！光數鈔票就花了好久。」

「剛剛有一對雙胞胎美女，也是付現金，九十萬。」

「沒想到今天遇到兩組貴客。」王漢聲說。

「大明星秦美珠還跟我訂了這組項鍊。」王漢翔比著雜誌上的其中一款祖母綠項鍊。

「報價了嗎？」

「我告訴她至少八百萬，如果旁邊的配鑽跟紅寶石要高檔
的，就要一千五百萬，結果她眼睛都沒眨一下，就說全部都要
最好的，下個星期會打電話來問確定的價格，還有交貨的時間。」

「當明星真好賺。」

「聽說她很敬業，所以接了戲很多。」

拾：夜店相逢

　　王漢翔、王漢威在打烊之後，用步行的方式，從成功路走向車站的方向，到綠川後右轉，走進一棟大樓上了一樓，王漢威探頭看了一下馬路上的兩個美女，不過他們沒有停留，直接搭電梯到迪迪 Disco，找了一個角落坐下來，沒幾分鐘，章禹涵、章禹嫻出現在他們面前，向他們兜售毒品，兩人交頭接耳一番。

　　「可是，我們都沒吸過耶！」王漢翔說。

　　「沒關係，我可以教你們。」章禹涵說。

　　「咦？你們今天是不是剛買了鑽石！」王漢威說。

　　「我想起來了，真巧，在這裡遇見你們！」章禹嫻說。

　　於是在一陣寒暄之後，章禹嫻開始示範如何吸食海洛因，兩兄弟有樣學樣，並很快就有了反應。

　　「哈哈哈～～～」王漢翔吸了之後開始狂笑，不過沒人注意到他，因為音樂太吵了，而王漢威也進入幻想的世界，脫去上衣狂叫個不停。

　　「走吧！」章禹嫻說。

　　「不跟他們收錢？」

　　「放長線釣大魚。」

　　「你好壞喔！」

「彼此彼此！」

「趕快發貨吧！我想回去睡覺了。」

「嗯！」

於是兩兄弟很快就上癮了，王漢翔趁著王漢聲去比利時的安特衛普補貨的時候，拿了兩個五克拉的鑽戒，約了雙胞胎姊妹到家裡三樓的一個房間。

「一人一個。」王漢翔拿起鑽戒說。

「這麼好？」章禹涵說。

「你有什麼企圖？」章禹嫻說。

「還會有什麼企圖，當然是嘿！嘿！嘿！」王漢威用左手姆指跟食指圍成一個圓圈，右手食指從那個圈圈來回了幾下，面帶邪惡的笑著。

「我們兩個可是黃花大閨女，不隨便跟人上床的。」章禹涵故做鎮定說。

「是啊！我們很乖的。」章禹嫻說。

「別裝了，你們的眼神，已經出賣了自己。」王漢翔說的時候，雙胞胎的眼睛正盯著那兩個鑽戒。

「怎樣？一個戒指就超過一百萬喔！」王漢威說。

「這麼多？」章禹嫻說。

「你覺得呢？」章禹涵對章禹嫻說。

「好，套上來吧！」章禹嫻伸出手說。

「我也要。」章禹涵說。

「我還有一個條件，三十萬的貨。」王漢翔說。

「沒問題。」章禹嫻說。

於是，四個人在這個房間裡都吸了海洛因，至於到底發生了什麼事？恐怕他們自己都不知道吧！

過了幾個小時之後，四個人都沒穿衣服，兩姊妹的雙手都被綁在床頭，身上被藍色奇異筆畫了一些線條，王漢翔的身上也是，王漢威的右手則是握著一隻奇異筆。

拾壹：狂徒末路

　　蕭奇霖在住進詹一傑的套房後，已經多日沒有出門，他實在悶到快發狂了，一口氣吸了比平常多三倍的海洛因，穿著藍色三點式比基尼的關芝琳又出現了，她躺在床上，把左手食指放到下唇中間，把嘴唇向下拉了一點點，然後用右手食指比了一個 "過來" 的手勢，蕭奇霖見狀當然馬上撲過去，翻雲覆雨之後他便昏睡了幾小時。

　　一個便宜的充氣娃娃，說多醜就多醜，蕭奇霖抱著它睡了不知多久，剛剛跟蕭奇霖翻雲覆雨的其實是充氣娃娃，並不是關芝琳，窗外傳來救護車的聲音，把他吵醒了，迷迷糊糊的他拿起搖控器打開電視，新聞畫面還是播放著懸賞五千萬要抓他的新聞，他氣的拿起床邊的手槍朝著電視猛開槍，直到子彈用光他還是一直瘋狂扣著板機。

　　由於連續開了很多槍，引起剛好正在附近吃飯的刑警林智偉注意，於是他打電話回到分局，調了一些人員到附近大樓監看，一位正在用望遠鏡的警察說：「是蕭奇霖！」

　　「我看看。」林智偉望著蕭奇霖正坐在窗邊抽煙。

　　「要抓還是要殺？」剛剛那個警察問。

　　「殺！」

　　「可是我們現在沒有帶狙擊槍。」

「你先聯絡賴隊長跟吳隊長。」

「好的。」

大隊人馬把大樓各出入口都管制住了，不過因為這是套房式大樓，每層樓都很多住戶，費了好多功夫，終於部署完成，但有一個問題，蕭奇霖根本就不出門，他餐餐都叫外送，所以，必須想辦法攻堅。

賴良忠在剛剛監視的地方，架起三角架，把狙擊槍組合好，裝上滅音器，靜靜等待扣下板機的機會，經過半小時，蕭奇霖又走向陽台抽煙，賴良忠見機不可失，立即開槍，但蕭奇霖的死期似乎還沒到，一隻鴿子剛好飛過，子彈穿過鴿子的翅膀偏移了方向，打中了旁邊的冷氣機，噹的一聲，賴良忠想開第二槍，蕭奇霖已經蹲下去，林智偉只好請套房外的攻堅隊伍開始撞門。

終於，門被撞開了，蕭奇霖竟然丟了一棵手榴彈到門口，轟的一聲，最靠近的兩個刑警雖然有穿防彈衣，但距離很近，腳被炸傷了，也被炸飛了一段距離，一陣混亂之後，這兩個刑警跟其他三個被炸傷的刑警被拉離現場，走道的一邊已經部署了兩個槍手，蕭奇霖爬進套房之後，拿了衝鋒槍，手伸出門就一陣掃射，不過大家都已經拿了盾牌，所以沒有人再受傷，吳

宗志等他子彈用盡，擊中了他的手掌，衝鋒槍掉到走道上，蕭奇霖退回屋內，又丟了一顆手榴彈到走廊上，還好這次大家都躲在盾牌後面，已經中彈的蕭奇霖看著血流如注的右手，咬著牙拿著僅剩的兩把手槍，衝出門外瘋狂開槍，子彈打在盾牌上，噹！噹！噹！的響著，幾個資歷較淺的刑警開始害怕，甚至發抖，其中一人一時驚慌，竟把盾牌鬆開掉在地上，吳宗志見狀只好硬著頭皮朝蕭奇霖猛開槍，吳宗志左大臂中了一槍，而蕭奇霖則胸口中了三槍，但仍然繼續開槍，幸好吳宗志穿了防彈衣，雖然又中一槍但只是向後倒地，此時蕭奇霖子彈用盡，另一位資深刑警見狀立即朝蕭奇霖身上又補了三槍，他終於倒地，躺在地上，血不停地流。

拾貳：愛滋上身

　　王漢翔起床後感覺自己在發燒，還有喉嚨痛，於是他到附近的診所看醫師，醫師發現他的頸部有點腫大，又檢查了腋下也是，於是建議他去驗血。

　　王漢翔忽然驚覺自己跟漢威曾經好奇的跑去同志趴，那個畫面在腦海忽然出現，那是幾個月前的事了。

　　「我們去玩玩好不好？」王漢威提議說。

　　「不太好吧？」王漢翔說。

　　「都是男人，你射在裡面也不會讓他生小孩啊！」

　　「可是……」王漢翔欲言又止。

　　「就算是他捅你，你也不會懷孕嘛！」

　　「不會有什麼麻煩吧？」

　　「有什麼好怕的，你不是嫌女人囉嗦？」

　　「好啦！就玩一次。」

　　一間小小的公寓，只有約二十五坪大，客廳十幾個年輕的男人都沒穿衣服，分成了七個位置在做愛，男人跟男人，這景象兩兄弟從沒看過，飯廳跟廚房也有五對在那裡做，兩人走到第一個房間門口，裡面一個男人蹲著，嘴上含著兩根，左右手各一根，床上有三個，被捅的那個，嘴巴含著另一個男人的那裡，這時他們兩人被拉到另一個房間。

「第一次來玩？」一個年約四十的男人說，兩人都點頭。

「要不要來點刺激的？」他指著桌上的海洛因。

「好啊！我正想要來一些。」王漢威說。

「原來不是菜鳥，那好辦。」兩兄弟吸了之後就各自進入自己幻想的空間裡，根本不知道發生了什麼事了。

當他們醒來的時候，全部的人早已離開，只剩下那個四十歲的男人，躺在床上呼呼大睡。

「屁股好痛。」王漢威自言自語說，他搖醒王漢翔。

「我的屁股好痛，你呢？」王漢翔說。

「我也是。」

一想到這裡，王漢翔趕緊拉著王漢威到醫院驗血，也趕緊打電話給章禹涵。

「我是王漢威。」

「我知道！今天要多少？」

「今天不拿貨。」

「那有什麼事？」

「你們兩個趕快到醫院驗血。」

「為什麼？」

「漢翔可能得了愛滋病，我不確定我有沒有。」

「什麼？怎麼會這樣？」

「我知道了，再見。」於是王漢威把他們兩兄弟跑去同志趴的事情完整的說了一遍，電話那頭的章禹涵心涼了半截。

二十多天後，報告出來了，四個人同時都呈現陽性反應，於是相約到一間咖啡廳共商後續治療的事。

「為什麼？為什麼是我？」章禹涵失魂的說。

「都怪你們兩個，不戴套。」章禹嫻非常生氣。

「事情已經發生了，麻煩兩位一起面對吧！」漢威說。

「說的倒輕鬆，這下麻煩了。」章禹嫻說。

「趁現在趕快治療就沒事了。」漢威說。

「我說的不是這個。」章禹嫻說。

原來，兩姊妹已經答應金豐輪胎的董事長，而且已經收了三千萬，也跟兩人各做愛了兩次，不愛戴保險套的他，應該也有感染的可能。

「要告訴張董嗎？」章禹涵問。

「不行，不能讓他知道！」章禹嫻說。

「可是，不說的話能瞞多久？」

「告訴他的話，我們可能會很慘。」

「他那麼花心，不說會害死很多人耶。」

「我不管，絕對不能讓他知道！」

「要怎麼辦才好呢？」

「先騙他我們都懷孕了，逼他簽財產分配書。」

「然後呢？」

「……」章禹嫻不說話只是冷冷地笑。

「你想……」章禹涵欲言又止。

「沒錯。」

「你有把握嗎？」

「放心，他現在用量那麼大，死了很正常。」

「好吧！」

拾參：各懷鬼胎

　　張董在商場上也打滾了數十年，沒那麼好說話，於是在簽財產分配書之前，特地買了兩根驗孕棒，要雙胞胎姊妹當面脫褲子驗孕，兩人雖然百般不爽，為了錢，也只好忍住。沒想到，兩人真的都懷孕了，只不過父親是誰就不知道了，騎虎難下的兩人，竟然被留在張家待產。

　　張董的大兒子，因為忙於公司的事很少回家，老二跟老三因為學張董花天酒地，所以也學到他的好色，這一天，他們回家探視父親，沒想到張董因為兩人懷孕了，不能解決生理需求，跑到酒店花天酒地去了，留下雙胞胎姊妹在家。

　　「他去喝酒了。」章禹嫻說。

　　「你們是我爸包養的女人，對嗎？」老三說。

　　「……」章禹嫻默認了。

　　「這麼漂亮，太可惜了。」老三說。

　　「喔！你想怎樣？」

　　「想怎樣？你看不出來嗎？」老三一臉邪惡地說。

　　「你不怕你爸知道？」

　　「有什麼關係？他不會介意的。」

　　「我們有什麼好處？」

　　「他不是已經要給你們兩成的遺產了，還不夠嗎？」

「那不一樣，我們犧牲很大。」

「要怎樣你們才肯？」

「陪我們一起玩吧！」

「怎麼玩？」

「海洛因加 4P」

「好啊！我沒問題，二哥你呢？」老二點點頭。

原來兩兄弟早就有吸毒，所以不被父親重用，公司的事才會由大哥一人承擔。

臨時決定要玩的兩兄弟，誰都沒帶保險套，就直接上了，卻不知章禹嫻設下了毒計，她把之前那批會造成心臟病致死的毒品讓兩兄弟吸了，自己跟章禹涵吸的是沒問題的。

老二喜歡安靜，拉著章禹涵在浴室裡，所以沒有 4P，但他平常有在練習如何持久，這反而害了他，做了十幾分鐘都沒休息，忽然間心臟一陣劇痛，直接倒在浴室。

老三跟章禹嫻還在床戰，見到章禹涵走出浴室，沒有停止的意思，他揮手要章禹涵一起，雙胞胎姊妹輪番上陣，並且不給他休息的機會，過了將近二十分鐘後，老三也是心臟一陣劇痛，並逐漸失去意識。

　　兩個女人不管倒在浴室的老二，跨過他的身體，走到蓮蓬頭下方，為彼此塗上沐浴乳，把對方當成男人，擁吻了起來，章禹涵腦海裡出現的是劉德華二十多歲的樣子，他好溫柔的親吻著自己。章禹嫻腦海裡出現的是身材壯碩的健美先生，雙手抱住她的高難度姿勢，當然，這些都只是她們的幻覺而已。當她們清醒了以後，赫然發現老二跟老三已經死了，不過她們非常鎮定，故意在兩兄弟的口袋內留下有問題的毒品，並合力把他們搬到其中一個房間，戴上手套關上房門，並擦去門把上的指紋。

拾肆：家破人亡

「再來怎麼辦？」章禹嫻問。

「把老頭也弄死吧！」章禹涵說。

「這麼做有什麼好處？」

「妳不想生下愛滋寶寶吧！」

「要怎麼做？」

「一樣啊！父子三個都吸毒。」

「沒想到妳這麼壞。」

「彼此彼此。」

醉醺醺的張董，回到家之後，在不知情的狀況下，被雙胞胎從鼻孔灌了不少有問題的毒品，在酒精的催化之下，張董也死了。

「走吧！」章禹涵說。

「不用報警？」章禹嫻問。

「他的大兒子回家之後自然會處理。」

「要怎麼交代我們兩個的行蹤？」

「說出門的時候房間的門都關著，不知道就好。」

「這樣會過關嗎？」

「賭看看吧！現在去拿掉小孩！」

「不能生下來嗎？」

「妳確定孩子是張董的嗎？」

「不確定，搞不好是夜店的一夜情造成的。」

「那就對了，何況小孩可能也會有愛滋。」

金豐輪胎的老大張義仁，人如其名，面對父親跟兩個弟弟的死，除了傷心，也非常負責的幫他們辦後事。

「知道他們吸毒嗎？」吳宗志問。

「知道！」張義仁說。

「為什麼不阻止？」

「我爸因為我的兩個弟弟都吸毒，所以才會把公司交給我管，至於我爸，花天酒地習慣了，應該也吸很久了吧！」

「他最近不是娶了一對雙胞胎？人呢？」

「不知道？也許回鄉下看父母了，我們平常只是噓寒問暖，從沒聊過天。」

「你的父親各留了百分之十的財產給她們，對嗎？」

「我爸說是給她們保障。」

「有她們的聯絡方式嗎？」

「我不知道，要找，她們的事我從來都不管，公司的事已經忙不過來了。」

「如果她們兩個回來，麻煩你通知她們，來局裡做筆錄。」

「我知道了，辛苦了。」

　　張義仁從父親的酒櫃中拿了一瓶威士忌，一個人看電視喝悶酒，才三十二歲的他，要管理八千員工，又要面對喪父之痛，想用酒精麻醉自己，於是一口氣就喝了超過一半，這時雙胞胎回來了。

　　「妳們兩個陪我聊聊天。」張義仁雖然是正人君子，但酒後吐真言，他自己其實也很喜歡這對雙胞胎。

　　「大哥，你醉了。」章禹涵說。

　　「我沒醉，我問妳們，我想娶妳們，妳們嫁不嫁？」

　　「還說沒醉，盡說些醉話。」

　　「我是認真的。」

　　「等你酒醒了再說吧！」

　　「我沒醉，我是認真的。」說完便醉倒在客廳。

　　「昨晚我說的，妳們考慮的怎樣了？」張義仁問。

　　「考慮什麼？」

　　「我想娶妳們，妳們嫁不嫁？」

　　「你還在醉嗎？」

　　「我很清醒。」

「你確定你已經酒醒了？」

「當然。」

「給我們時間考慮。」

「好。」

「大哥，你不了解一下我們兩個，就決定娶我們，不覺得太草率了嗎？」章禹涵說。

「其實，我對妳們瞭若指掌，我的父親當初要讓妳們進門，就已經讓我知道妳們的身份了。」

「既然知道我們不單純，你還娶我們？」

「做生意嘛！太單純會被欺負的，而且我發現妳們很適合幫我拓展公司的業務。」

「原來我們不能當少奶奶啊！」

「現在公司正處於內憂外患，爸爸死後，老臣聯合大股東想要逼我下台，這是內憂，幾家競爭對手更是買了不少公司的股票，如果我的持股不夠，或說支持我的股份不夠的話，公司的經營權就要拱手讓人了，這是外患。」

「原來你希望我們在股東會上支持你。」

「聰明，我果然沒看錯人。」

「我們為什麼要支持你？」

　　「很簡單，支持外人，妳們什麼都得不到，支持我，可以當採購經理、業務經理、董事、監事，還可以拿些回扣，子公司的利潤也都是妳們的，這些雖然不多，一年大概可以讓妳們各進帳五千萬到兩億，以公司現在的狀況，三年後可以再增加一半左右，這麼好的事妳們應該不會放過吧！？」

　　「這麼好賺？」

　　「其實公司是不是賺錢並不是那麼重要，只要帳面上小賺就行了，我們還雇用了大量外勞，光是人力仲介公司的服務費，一年就可以賺一億，以後應該可以超過三億。」

　　「好，我們答應你。」雙胞胎互看一眼之後一起說。

　　「很好，妳們挑一天，舉辦婚禮吧！誰要當正宮？」

　　「妹妹好了。」章禹嫻點頭答應。

　　只是張義仁並不知道雙胞胎得到愛滋病了，急於求子的他當然都是沒有戴保險套做愛，很快地張義仁也感染了愛滋病，工作繁重的他，每天工作十三小時，幾乎沒有休假，也很少注意自己的健康，當開始病發的時候，他以為是感冒、發燒，吃了藥之後造成嗜睡，只是這些症狀一直沒有改善，而他仍然每天工作十三小時，當他開始覺得肌肉跟關節疼痛時，也只是用止痛藥緩解，當病情越來越嚴重後，他終於到醫院檢查。

　　「張董，是愛滋病。」醫師語重心長的說。

「怎麼會這樣？」

「有接受輸血或嫖妓嗎？」

「都沒有，我只跟老婆做愛的。」

「先找夫人過來檢查吧！」

「我問一件事，妳們要實話實說。」

「問吧！」

「妳們是不是在外面有男人？」

「你不相信我們？」

「我今天去醫院，我得愛滋病了，除了妳們兩個，我沒碰過其他女人。」

「我們正在積極治療中。」

「真的是妳們兩個傳給我的。」

「對不起，我們也不想，我們也是受害者。」張義仁聽完非常冷靜地離開，不再說任何話。

「怎麼辦？」章禹嫻問。

「照實跟他說吧！」

張義仁跟兩人躺在床上，章禹嫻詳述得到愛滋的過程，張義仁依舊非常冷靜，等到兩人熟睡，他走到客廳電視旁，從大花瓶中拿出一把手槍，回到寢室後，先朝章禹嫻胸部開了三槍，

章禹涵被槍聲驚醒，但已經來不及逃跑，腹部跟胸部分別中了一槍，張義仁此時眼淚奪眶而出，緩緩將發燙的槍口抵在自己的太陽穴上，閉上雙眼，扣下板機，結束自己的生命。

拾伍：校園染毒

　　秦美玉念的是台灣大學，同學間彼此既競爭也合作，有些人壓力太大時會開始抽煙，甚至吸毒，不過學生通常沒什麼錢，所以多數會選擇咖啡包，裡面裝的是毒品，不是咖啡。

　　「要不要來一包，喝了精神百倍喔！」一個女生說。

　　「不了，怡靜，謝謝。」秦美玉說。

　　「團長，這次要多少？」怡靜說。

　　「一盒，兩盒好了。」團長遞了四千元給怡靜。

　　「這麼省事？」

　　「沒錢了。」

　　「你可以幫我介紹客戶啊！這樣我就算你一盒一千二。」

　　「差這麼多？」

　　「怎樣？很驚訝嗎？」

　　「沒有，妳回去準備十盒，後天下午來電音社找我。」

　　「團長，美女來找你了。」

　　「不要亂講。」於是團長跟怡靜走到角落交易。

　　「一盒兩千，零售兩包五百。」團長公然在社團兜售。

　　「我要兩盒。」一個男生舉手並拿出錢給團長。

「三盒。」另一個男生說。

「剩下的我全包了。」此時一個戴墨鏡的男生說。

「等等，我要一盒。」一個女生說。

「還有誰要？」團長問。

「兩盒。」另一個女生說。

「還有嗎？」團長又問，但已沒人回應，於是，他把自己要喝的那兩盒也拿出來賣。

「再拿十盒來吧！」團長說。

「這麼厲害？」怡靜說。

「妳可別斷貨，我的學費跟生活費都靠妳了。」

「放心，我的老大，才剛進了十萬盒。」

「這麼多？」

「不多，有些人用量特別大，一次就五包，一天兩次。」

「喝這麼多，不會出事嗎？」

「只要你不出事就行啦！」

「沒問題啦！我都兩天一包。」

「很好，我的學費跟生活費都靠你了。」

「好久不見了，寶哥。」男同性戀研究社裡，怡靜說。

「又來送貨？」寶哥說。

「對啊！人家缺錢嘛！你可以幫幫我嗎？」怡靜搭著寶哥的肩膀，輕聲細語地。

「別這樣，我不想被阿火誤會。」寶哥推開怡靜。

「那就麻煩你了。」怡靜拿了一個手提袋給寶哥。

「十八盒，送五包給新同學試用。」過了一會，寶哥遞了一把鈔票給怡靜。

「這是你的。」怡靜拿了一萬四千給寶哥。

「這麼多？」

「怎樣？好賺吧！」

「還不錯。」

「什麼時候可以再來？」

「星期三晚上吧！帶一百盒，地點我再通知妳。」

「沒問題。」

「到時見。」

「這麼快就賣完啦？」淡水河旁的雙園河濱公園停車場，怡靜騎著機車赴約，並上了一部白色賓士。

「源哥，別取笑我了。」

「這次要多少？」

「三百盒。」

「這麼拼？」

「人家真的很缺錢嘛！」

「好，這次的價格從八百降為七百，如果以後都這麼大量，再降為六百。」

「謝謝源哥。」

「不過，這麼大的量，妳最好開車來載，今天我先幫妳載到套房。」

「就知道源哥最疼我了。」

「帶路吧！」

「寶哥，今天要麻煩你了。」星期三晚上是同志趴，地點在一間老公寓二樓。

「不麻煩，等等他們會自己過來找妳，暗號是我找寶哥，我今天要主持，該我的，算給我就行了。」

「沒問題。」於是怡靜就在二樓與三樓的轉角處交易，三百盒很快就被掃光，她點了二十四萬，用一個牛皮紙袋要給寶哥。

「先幫我保管，等等大家都會脫光光，掉了就麻煩。」

　　「沒問題。」於是怡靜先行離開。這場景跟王漢翔、王漢威參加的同志趴差不多，不過年齡層比較低，都是十七八歲的男生為主，最老的寶哥也只有二十三歲，只不過三十坪大的房子擠了七十幾個年輕人，有些奇怪。

　　寶哥免費提供場地、現場購買毒品、沖泡用的杯子，因為他想賺的就是跟怡靜合作的生意，也因為免費入場，所以很多男同志都趨之若鶩，很快的，就從每週一次變成每週兩次，當然，怡靜很快就賺了一百多萬，於是她幫自己買了一部中古車代步。

　　「沒想到妳這麼厲害，每個星期都可以賣一千多盒。」

　　「都是源哥疼我啦。」

　　「那妳要怎麼報答我？」源哥盯著怡靜看。

　　「多賣一些啊！」怡靜說。

　　「妳明知道我說的是什麼！幹嘛不直接回答。」

　　「可是，我已經有男朋友了。」

　　「沒比較，妳怎麼知道誰能給妳性福啊！」

　　「你好壞。」怡靜轉過身暗自竊喜，微微笑著。

　　「走，我帶妳去我家，然後妳再考慮看看，好嗎？」

　　「不太方便吧！」

「妳放心，我要的是跟妳一輩子，我不會亂來的。」

「好，信你一次。」

「進來坐吧！」源哥的家在陽明山上，進門的右邊是車庫，停了一部天藍色的保時捷 911、紅色法拉利 458，還有剛停進去的白色賓士。

「這麼大？」怡靜看著三十坪大的客廳說。

「室內兩百五十坪，室外五百坪，價值八億，我上個月用現金買的。」

「沒想到你這麼有錢。」

「都靠像妳這樣的女孩啊！」

「你剛剛是跟我求婚嗎？」

「算是吧！」

「可是，你這麼有錢，我怎麼知道你不會在外面亂來？」

「男人會不會在外面亂來，其實關鍵在女人。」

「怎麼說？」

「妳把男人餵飽了，他那來的精力亂來，倒是女人，一天十次也沒問題。」

「可以等我畢業嗎？」

「等什麼？明天就到妳家提親。」

「那我的學業怎麼辦？」

「這又不衝突，我可以等你畢業再生小孩。」

「你的行業太特別了，風險很高，我隨時會失去你，你什麼時候收手？」

「我手上的貨還有五十萬盒，照現在的速度，一百天後可以全部賣完，到時我就放給我的助手去管。」

「說到做到？」

「那有什麼問題！」

於是怡靜帶著源哥回到台中的家，源哥雖然是毒販，但文質彬彬的，平常又愛看書，完全看不出來任何的江湖味，所以很快就得到怡靜父母的首肯，開始準備婚事。

拾陸：壓力蓋頂

　　接了連續劇第一女主角的秦美鳳不如秦美珠敬業，她開始面對背劇本的壓力，因為大部份的戲都圍繞在她身上，又要一直換衣服、換場景、背名字、背劇本，所以她很快就瀕臨崩潰。

　　「萍萍姊，我壓力好大，快瘋了。」秦美鳳說。

　　「試試這個。」萍萍姊是她的經紀人，拿了一小包海洛因給秦美鳳。

　　「這是什麼？」

　　「吸了會讓妳放鬆的東西。」

　　「是毒品嗎？」秦美鳳看著她的眼睛問。

　　「不要就算了，問那麼多幹嘛？」

　　「給我。」秦美鳳伸手從萍萍姊手中接過海洛英。

　　「回家再吸，在這裡會丟人現眼的。」

　　「為什麼？」

　　「我不知道妳吸了之後會有什麼反應啊！」

　　「我懂了，再見。」

　　「再見。」

　　回到住處的秦美鳳，一張單人床、衣櫃、梳妝台、椅子、冰箱、電視，還有厚重的劇本全都壓縮在小小的套房內，脫去外衣後開始卸妝，然後脫去所有的衣物走進浴室，面對素顏的

自己，她開始懷疑自己是否能夠勝任女強人的角色，因為鏡中的自己是如此清純，沖洗完頭髮後，她將泡沫塗抹全身，將蓮蓬頭掛在牆上，朝自己沖了十幾分鐘，她實在太累了，回過神來的時候她忽然想起剛剛的對話，於是擦乾身體，只穿了一件薄薄的睡衣就坐在床上，把海洛英倒在一個小小的糖果盒鐵蓋上，把鼻子靠近之後便用盡全力吸了一大部份，過了一會，藥效出現了。

「姊姊，我演的不錯吧！」

「嗯！不錯。」

「我現在可以獨當一面了，妳高興嗎？」

「高興。」

「聖恩，你現在可以光明正大的吻我了。」

「那麼多人看著，不好吧！」

「怕什麼？就說要演的逼真一點。」於是秦美鳳跟男主角李聖恩開始擁吻，脫去對方衣物，然後做愛。然而，事實是秦美鳳拿著情趣用品：假陽具，朝著自己的陰部刺激，並用右手來回抽插，直到她的手酸了，換成左手，達到高潮後她便將手放開，此時的她幻想李聖恩抱住她，她就這樣全裸躺在床上睡著了，假陽具並沒有拔出來。

「搞什麼？」秦美鳳醒來的時候自言自語，因為假陽具還頂著她，於是她想拔出來，但此時的她並非興奮狀態，陰道內缺乏潤滑，所以造成了小小的疼痛。

「喔！好痛。」這時他才想起萍萍姊的話：回家再吸，在這裡會丟人現眼的。

「萍萍姊，可以多給我一些嗎？」化妝間裡，一排的女人正在化妝。

「要錢的。」

「多少我都給妳。」

「妳說的，從妳的酬勞扣。」

「那有什麼問題。」

拍了二十小時的戲，秦美鳳再度瀕臨崩潰，一回到家就急著吸海洛因，妝也沒卸，也不洗澡。

「還在睡啊！大家都在等妳錄影，多久可以到？」電話響了，是萍萍姊。

「幾點了？」

「中午了。」

「什麼？」秦美鳳懷疑的說。

「我說已經快十二點了。」

「給我一小時。」

「好吧！快點啊！」這時秦美鳳才發現假陽具又沒拔，她這次學乖了，刺激了自己的乳頭跟陰蒂一會，才慢慢將假陽具拔出。

原來，只要吸了海洛因，就可以在虛幻中跟自己喜歡的李聖恩做愛，所以秦美鳳一頭掉入了虛幻的世界中，只為了短暫的快感，可是她萬萬沒有想到可怕的後果。

「為什麼不是真的？為什麼？」秦美鳳開始自言自語，當半麻醉狀態消失之後，秦美鳳開始感到無比的焦慮，為了再度進入那不存在的世界，她選擇了再度吸毒，或許，她可以暫時進入，但醒來之後的代價是非常巨大的。

「萍萍姊，我可以請假嗎？」

「當然不行，我們跟人家簽約了。」

「可是，我現在好難過，一直掉淚、流鼻涕，根本沒辦法專心背劇本。」

「行了，我說妳重感冒吧！」

「謝謝！」

於是她陷入昏睡之中，身體忽冷忽熱、全身酸痛，當她醒來的時候，再度感到無比的焦慮，可是她已經沒有海洛因可以

吸食了，她無助的眼神看鏡中的自己，雖然有一絲的後悔，但一想起跟李聖恩做愛的情景，她又想吸毒了。

「萍萍姊，可以再給我一些嗎？」

「開什麼玩笑？妳再不來錄影，要賠好幾千萬的。」

「這麼多？」

「保守估計是五千萬，最多可能要八千萬。」

「我那有這麼多錢。」

「我不管，妳只有兩條路，賠錢或是繼續演完。」

攝影棚內，秦美鳳無法專注演戲，導演喊 Cut 之後兩人便起了衝突。

「我演得這麼好，你 Cut 什麼 Cut？」

「演得好？重播給她看。」導演比著攝影師。

「看什麼看？我不演了。」秦美鳳情緒失控，對著導演大聲咆哮著。

「妳不要後悔！」

「老娘不想演了，聽清楚了沒有！」這次，她更大聲了，簡直是用吼的。

「告訴姊姊，發生什麼事了？」這件事很快傳遍演藝圈，也傳到了秦美珠的耳中，她親自到秦美鳳的住處關心。

「我因為壓力太大，跟萍萍姊拿了海洛因來吸，所以我現在的狀況沒辦法演戲了。」

「別怕，錢的事情好解決，我們明天開始戒毒，好嗎？」秦美珠抱著秦美鳳說。

「可是，這樣就不能見到李聖恩了。」

「都什麼地步了，還想著李聖恩。」

「人家喜歡他嘛！」

「好，等妳徹底戒掉之後，我一定幫妳牽線，讓他真正跟妳約會，好不好？」

「不可以騙人喔！」

「我是妳姊姊，怎麼會騙妳呢？」好不容易哄秦美鳳睡著，秦美珠也打了哈欠，趴在梳妝台上半夢半醒著。

「陳思萍，妳好大的膽子，敢拿海洛因給我妹妹吸。」把秦美鳳送到醫院服用美沙冬之後，秦美珠直接殺到攝影棚跟萍萍姊理論。

「是她自己跟我要的，又不是我誘惑她。」

「我懂了，當初我不肯讓妳當我的經紀人，妳現在就用這個方法報復我。」

「是又怎麼樣！等著賠違約金吧！」

「妳有種，我們法院見。」

「見就見，誰怕誰。」陳思萍一臉不屑的離開。

　　秦美珠把跟陳思萍的對話錄音、還有那些海洛因的包裝當成證據，告了陳思萍，原來，陳思萍跟製作公司串通，利用這種方式詐取高額違約金，順便除去不聽話的藝人，聽話的就陪富商睡覺、吃飯，這樣陳思萍就可以輕鬆賺取大把鈔票，不過，這次她踢到鐵板了，受害者紛紛出面指控，光是販毒跟詐欺，就可以讓她關個十年了。受到妹妹的影響，秦美珠暫時退出演藝圈，專心陪伴妹妹戒毒，她怎麼也沒想到，拒絕了陳思萍當經紀人，代價這麼大。

拾柒：戒毒

秦美鳳戒毒的過程並不順利,她一心一意想要跟李聖恩在一起,那裡會想到李聖恩的經紀人也是陳思萍,李聖恩因此捲入女富商包養風波,甚至上了娛樂版的頭條新聞。

「美鳳啊!我是萍萍姊,聖恩的事妳不能怪我,是他自己貪財,所以才會跟王董在一起的。」

「妳為什麼不能放過我們?」

「放過?妳知道我花了多少精力,才培養出你們兩個搖錢樹,我還沒賺夠,妳要我放過你們?哈～～～」陳思萍笑得很囂張,簡直是個女魔頭。於是秦美鳳情緒失控,吵著要再吸食海洛因。

「聖恩,可以麻煩你,來看一下美鳳嗎?」秦美珠問。

「不太方便。」電話那頭,女富商跟李聖恩正在大浴缸中泡鴛鴦浴,兩人抱在一起。

「美鳳一直吵著要見你。」

「美珠姊,我跟她只是師兄妹關係,並不是男女朋友。」

「我知道,可是美鳳的狀況真的很需要你。」

「真的不方便。」說完後李聖恩便掛斷電話,跟女富商打起水仗,接著當然是男歡女愛。

「秦美珠要你去看她妹妹?」女富商躺在床上問。

「嗯！」李聖恩已經起床，正在穿褲子。

「你會去嗎？」

「不會。」

「很好，你要記得，我手中有你跟思萍的精彩影片。」

「我知道，所以我才會來陪妳。」

「我們還有多久的合約？」

「一個月。」

「這麼快？再續約一年，如何？」

「一年我可以賺兩億，妳要怎麼補償我？」

「這樣吧！我把公司的廣告都給你，這樣就有五千萬，然後再讓你主持一個美食節目，加上我給你的，這樣也接近兩億了。」女富商似乎在演藝圈也很有辦法。

「可是，我不會燒菜啊！」

「不是燒菜，是採訪，我喜歡吃美食，那些大飯店跟餐廳不會不給面子的。」

「好，我答應你。」女富商用食指示意，要李聖恩到身邊，結果就是兩人又床戰了一小時。

「姊姊，聖恩什麼時候會來？」秦美鳳問。

「我已經在安排了。」

「那為什麼還沒來？」

「他很忙啊！」

「騙人，他最近又沒接連續劇，也沒拍電影。」

「聽說他轉換跑道，在主持外景美食節目，到處跑。」

「真的嗎？」

「我找給妳看。」秦美鳳目不轉睛看著電視中的李聖恩後，情緒轉趨穩定，秦美珠看了之後非常心疼，但也只好將節目錄起來，一直重播。

　

王漢翔、王漢威兩人的戒毒過程更不順利，王漢翔經常為了小事發脾氣，身體很累了，也無法入睡，王漢威則是任何事都覺得做不來，一直處於沮喪的心情，連帶無法跟別人相處，王漢聲為此傷透腦筋，因為，他不敢到比利時去補貨，生意因此而大受影響，但不去也不行了。

「我要去比利時補貨，你們兩個要安分一點。」

「我本來就很安分，你說這句話是什麼意思？」王漢翔易怒的狀況表露無遺。

「好，你很乖。」

　

王漢翔在王漢聲離家之後，立即打了一通電話。

「現在來我家。」

「要多少？」

「有多少就拿多少！」

「好，等我一下。」

「我們沒現金，不過鑽石任你拿，都有證書。」王漢翔拿出一盤鑽石裸石，都是一至三克拉的高檔貨。

「沒關係，我知道行情。」

「你有多少？」

「一公斤，夠你們兩個吸一兩年了。」

「挑一顆。」王漢翔將五顆三克拉的裸石集中在一起。

「就這一顆。」那男人拿著一顆完美比例車工的裸石說。

「貨呢？」王漢翔問。

「在這裡！」他拿出一把鑰匙，上面還有保管箱的號碼。

「火車站嗎？」

「對啊！」

王漢翔、王漢威在家附近租了一間公寓，把安非他命藏在那裡，並且在那裡吸食。當王漢聲回到台灣的時候，到處都找不到兩個弟弟，想報警又擔心他們會被抓去關，於是求助徵信社。

「這是他們兩人的照片，已經失蹤三天。」

「怎麼不報警？」徵信社經理問。

「你們的效率比較高。」

「知道行情嗎？」

「我不在乎花多少錢，我只想要早一點找到他們。」

「沒問題，我一天派五個人出去找，一天兩萬，每個星期付一次，直到找到人為止。」

「這裡是三十萬，如果沒找到人，我十五天後再來。」

然而王漢翔、王漢威躲在公寓裡，而且不出門，偶爾叫便當吃，不過他們沒帶衣服也沒洗澡，過了半個月之後，陣陣安非他命的臭味混合著食物壞掉的臭味，還有他們身上的汗臭味，隨著開門時衝出門外，外送員聞到後立即嘔吐了一地，剛好隔壁的鄰居要出門，撞見了這一幕。

「你們不是晶鑽銀樓的少爺嗎？」一位老人說。

「少管閒事。」王漢翔立即暴怒的看著他。

「你是不是有兩個弟弟？」那老人進了晶鑽銀樓。

「是啊！他們失蹤了。」王漢聲說。

「沒失蹤，在我家對面，不過，他們好像有吸毒，神智不是很清醒，而且整間屋子臭死了。」

「快帶我去。」

「別急，這是地址，千萬別說是我告訴你的。」老人拿起筆，寫下地址。

「謝謝！我該怎麼回報你？」

「唉！我是孤單老人，妻子死了，兒女都不回家看我，說真的，我很缺錢。」

「這裡是五十萬，謝謝你的幫忙。」王漢聲拿出一疊鈔票，本來是要給徵信社的，現在給了這位老人。

「安非他命的部份，我可以當作沒看到，直接沖進馬桶，不過，我希望你安排他們進行勒戒。」賴良忠說。

「謝謝你。」王漢聲說。

「別客氣，我知道他們沒有販賣，可是持有這麼大的量，要關很久的，所以，這樣處理對你們最好。」

「我該怎麼謝謝你？」

「不用了，老同學了，客氣什麼！多做些善事吧！」

「我會的。」

拾捌：入獄

　　秦美鳳在完成半年的療程之後，便入獄服刑半年。

　　「還習慣嗎？」秦美珠隔著玻璃，拿著話筒問。

　　「我好想聖恩。」

　　「還有什麼需要的？」

　　「我只要聖恩的照片。」

　　「我懂了，如果還需要什麼？就寫信給我。」

　　「可以告訴我聖恩的現況嗎？」

　　「一樣啊！錄影，上節目。」

　　「沒別的？」

　　「沒有了。」

　　「好，記得聖恩的照片。」

　　「沒問題。」秦美珠說完後，秦美鳳便掛上話筒，用手比
再見。

　　監獄裡當然不比家裡，樣樣都不方便，在工廠作業時，連
上個廁所都要跟主管報告，旁邊的人都可以看到上廁所的樣子，
洗澡當然也一樣。而洗澡、洗衣服都要快，會有時間的限制，
通常只有寒流才有熱水洗澡，因此平常洗完澡，每個人都因為
水是冷的，所以胸部呈現激突的狀態，並非她們處於興奮。不

過秦美鳳因為太過想念李聖恩，在洗澡的時候自慰，不自覺的發出呻吟聲，引來旁邊女生的關心。

「美鳳啊！妳不冷嗎？」

「妳說什麼？」

「沒事，趕快洗吧！不然妳就等著被那幾個同性戀盯上。」

「喔！」於是她趕緊將冷水往身上澆。

「在想誰？」

「要你管。」兩人一邊擦乾身體、穿衣服，一面聊天。

「是李聖恩，對嗎？」

「妳怎麼知道？」

「妳每天都盯著他的照片好久。」

「我是很想他，可是他不能來看我。」

「忍一下，妳只剩三個多月了，我還要八個月。」

「妳是怎麼進來的？」

「跟妳一樣，吸毒，這裡有三分之一的人都是。」

「妳剛剛說的同性戀是怎麼回事？」

「妳這麼漂亮，又是明星，能夠玩到妳的話，對她們是一個可以大肆炫耀的話題。」

「漂亮有什麼用？我喜歡的人不喜歡我。」

　　「看開點，準備洗衣服吧！」兩人又在洗衣服的時候聊了一會。

　　十坪大的寢室內，十四個女人，一個蹲式馬桶隔著五十公分高的矮牆，一個女人正在上廁所，兩個女人在旁邊排隊，今天是星期天，所以沒有到工廠作業，此時門外傳來聲音，是送零食的，這也是可以讓她們想快點到外面世界的動力之一，畢竟監獄的伙食只有一個好處，讓減肥的人得到真正的實踐，而吃一點甜食，確實可以讓她們安定些。

　　「美鳳，一起喝吧！」跟她聊天的女人拿著奶茶說。

　　「謝謝！還沒請教。」美鳳接過奶茶喝了一口又遞回。

　　「叫我錦雲就行了。」

　　「星期天好無聊喔！」

　　「可以睡覺啊！不然就看書、看報紙。」

　　「可以看報紙？」

　　「妳不知道？」

　　「要怎麼買？」

　　「用訂的，不過一房只能訂一份，只不過我們這一房都很窮，沒人訂。」

　　「那就由我來訂吧！」

「好啊！交給我處理，下星期就可以看了。」

很快就過了一週，做巧克力的工作不算忙，所以她們不會覺得累，回房後的時間大部份都是各自做自己的事，或是聊天，但聊久了就沒話題了。

「為什麼？為什麼？」秦美鳳拿著報紙大聲說，另外十三人都看著她，連主管都過來關心。

「秦美鳳，小聲一點，不要吵到別人。」主管說。

「為什麼？為什麼？」秦美鳳似乎沒聽到主管說的。

「美鳳，主管要妳小聲點。」錦雲抓著她的手說。

「妳說什麼？」

「主管要妳小聲點。」

「主管，對不起！」秦美鳳放下報紙低頭面向門外。

「怎麼了？」錦雲問。

「妳自己看吧！」秦美鳳比著娛樂版的頭條，李聖恩將於本月底跟穩達電子董事長王莉莉結婚，說完後眼裡泛著淚光，接著開始嚎啕大哭，錦雲趕緊抱著她，試著安撫。

「又怎麼了？」主管又走過來關心。

「她的男人要跟別人結婚了，讓她哭一會吧！」室長走到門邊輕輕跟主管說。

「幫我看好她，別讓她想不開自殺了。」

「我知道。」

「妳還有多久？」

「兩年。」

「如果可以讓她平安出獄，我會請教誨師幫忙，讓妳的假
釋順利點。」

「謝謝主管。」

於是秦美鳳開始陷入呆滯，吃飯只吃一點點，洗澡大概是
最正常的時候，她總是很快洗完，然後又回到座位上發呆，主
管知道她的情況，所以即使沒有作業能力也就由她了。

「怎麼變這麼瘦？」秦美珠隔著玻璃，驚訝地問。

「妳為什麼騙我？」秦美鳳憤怒的看著秦美珠。

「我沒騙妳，聖恩沒通知我。」秦美珠一臉無辜。

「我不信。」

「他沒邀請演藝圈的人參加婚禮，只說要從商去了。」

「是真的嗎？」

「沒錯。」

「我錯怪妳了。」

「我帶了妳愛吃的烤山豬肉，多吃點，妳這樣姊姊好擔心，好心疼。」秦美鳳隔著玻璃大哭著，再也不願開口。

回到寢室的秦美鳳，把姊姊帶來的食物交給錦雲之後，躲在角落一語不發，就這樣日復一日，終於到了出獄的那天，秦美珠開車來接她。

「我們先去吃飯，然後買些衣服。」

「不必了。」

「那怎麼行，妳現在這麼瘦，很多衣服都不能穿了。」

「好吧！」

「多吃點，都皮包骨了。」

「吃不下。」

「美鳳，感情的事是要雙方彼此相愛，聖恩不愛妳，但願意愛妳的人還很多啊！」

「我不要，我只要聖恩。」

「妳為什麼要這麼執著？」

「我就是只喜歡聖恩，那裡不對了？」

「以前他沒有結婚，姊姊不反對，可是，他現在結婚了，妳可千萬別去惹他，我聽說他老婆非常狠，惹毛她的人都沒好下場，答應我，別做傻事。」秦美珠看著她。

「我可以把他搶回來啊！」

「妳這樣，姊姊很失望。」

「我把他搶回來，有什麼不對？」秦美珠知道，說再多也沒用，於是她也陷入沉默，兩人開始沒有對話的日子，一直持續著。

拾玖：反毒大使

　　發生吸毒事件的秦美鳳，害得自己入獄，也害姊姊沒有工作，對手的經紀公司更是利用這個機會，找了政府部門幫忙，讓秦美珠的死對頭吳秀卿當反毒大使，記者會上更是炮火全開，瞄準秦美鳳。

　　「藝人應該做為大眾的表率，絕對不可以吸毒。」

　　「您對秦美鳳的看法如何？」一個記者問。

　　「她毀了自己，也毀了她姊姊的事業。」

　　「聽說她剛剛出獄，妳有什麼話要對她說？」記者又問。

　　「美鳳啊！別再犯了喔！再犯，就難以翻身了。」說完之後，吳秀卿帶著一抹詭異的微笑轉身離去。

　　「怎樣？我表現的還可以嗎？」吳秀卿問。

　　「非常好，我們可以搶走不少新人。」一個男人跟吳秀卿在家中談論記者會的事。

　　「喝兩杯慶祝一下？」吳秀卿拿出一瓶威士忌。

　　「好啊！要不要來一口？」男人點了煙。

　　「是什麼？」

　　「怕什麼？只不過是草。」

　　「我今天才當反毒大使，你就要我吸大麻？」吳秀卿怒視著那男人。

「兇什麼？要不是我，妳能有今天？」

「如果不是你拍了我的醜態，我早就跟你翻臉。」

「哈～～～醜態？是我們兩人恩愛的影片吧！何況，當時是妳求我捧紅妳的，妳忘了嗎？」

「這麼多年了，你還不放我走。」

「秀卿啊！妳想走也可以啊！走了之後，我可不敢保證那些影片不會上傳到色情網站。」

「你敢？」吳秀卿又怒視著那男人。

「有什麼不敢的，新聞寫著反毒大使吳秀卿色誘經紀人李三平，以求得第一女主角，並以雙方做愛錄影帶要脅經紀人，必須全力捧紅她，否則影帶將寄給李三平妻子，雙方將同歸於盡。」

「算你狠，你走吧！」

「走？妳還沒盡妳的義務呢！」

「你想怎樣？」

「我發現之前的帶子，沒拍到妳的特寫，今天補拍。」

「不行，說什麼都不行。」

「那就等著看妳的醜態公開吧！」

「去死！」吳秀卿把手上的威士忌朝李三平的頭上砸。

　　「啊～」一聲慘叫之後，李三平如猛獸般的從地上爬起來，滿臉鮮血的他，拿起桌上的水果刀。

　　「妳要自己脫衣服？還是要我幫妳？」

　　「別過來。」此時的吳秀卿全身發抖，雙手還握著破掉的酒瓶。

　　「賤貨。」兩人幾乎同時朝著對方刺去，李三平左腹被酒瓶刺中血流如注，吳秀卿肚臍附近被水果刀刺中，兩人同時倒地，李三平右臉被酒瓶碎片插入而痛苦萬分，吳秀卿拼命爬到電話旁，想叫救護車卻已經沒力氣，兩人都死了。

　　「小吳，秀卿來了沒？」攝影棚裡，一個男人問。

　　「還沒來，蔡導。」

　　「打電話去催。」

　　「已經打了，沒人接。」

　　「李三平呢？」

　　「也打過了，蔡導。」

　　「這就奇怪了？秀卿一向很準時的，你跟小林一起去她家看看。」

　　小吳跟小林兩人到了吳秀卿的住處，發現吳秀卿跟李三平的車都停在車庫裡，但怎麼敲門都沒有回應。

「怎麼辦？」小林在吳秀卿家門口問。

「報警好了，我有不祥的預感。」小吳說。

「為什麼？」

「你看，這是李三平最喜歡的那雙皮鞋，他們會不會出事了？」小吳比著鞋櫃說。

警察跟鎖匠都來了，門開了之後，地上躺了兩個人，身邊都有大量的血跡，吳秀卿的肚子上還插著水果刀。反毒大使死在家中，李三平的公司瞬間風聲鶴唳，旗下藝人能出國的就出國，不能出國的都想盡辦法躲起來，他們不是捲入吸毒風波就是被拍了性愛影片，一時之間，演藝圈人人都想避開媒體，沒人敢接受採訪。

貳拾：毒趴

　　王漢翔、王漢威兩人雖然勒戒結束，卻因此認識不少吸毒者，並留下了電話。

　　「我是漢翔，可以介紹藥頭給我嗎？」

　　「我可以告訴你好玩的地方，暗號是三隻小豬，大豬小豬抓去宰，中的那隻躲起來。」電話那頭是個女人。

　　「很有趣的暗號，妳會去嗎？」

　　「我沒錢去。」

　　「我幫妳出，一起去。」

　　「好吧！順便介紹一個人給你。」

　　「三隻小豬，大豬小豬抓去宰，中的那隻躲起來。」王漢翔跟守門的人說了暗號，接著進入了一間大房子。

　　「小紅啊！好久沒看到妳了。」

　　「龍哥，這是我的朋友，王漢翔、王漢威，以後他們會常來玩，麻煩多多關照。」

　　「那有什麼問題！」

　　「龍哥好。」兩兄弟異口同聲說。

　　「吃冰塊還是四號仔？」龍哥問。

　　「冰塊。」王漢翔說。

「要不要試試四號仔？我保證你們會愛上的。」龍哥問。

「你要嗎？」王漢翔看著王漢威。

「都可以。」王漢威說。

「用吸的的還是打針？」龍哥問。

「都可以。」

「那就先吸吧！」

　於是他們進了一個房間，昏暗的燈光，一張大茶几，已經有十幾個人在那裡吸毒，龍哥則離開那裡。

「還等什麼？」小紅問。

「不用錢嗎？」王漢翔問。

「第一次免費。」

「那我們就不客氣了。」三人吸了不久便有了反應，這個房間內的十幾人都有，只是，那些都是幻覺，在旁人看來，他們只是在傻笑或是狂笑。

　另一個大房間，也是十幾個人，不過全是女人，她們全都只穿內衣內褲，龍哥一一幫她們注射海洛因，接著便解開她們的內衣，找了其中一個做愛，旁邊還有兩個女人，一個親吻龍哥，一個撫摸他的胸部，這些女人的五官都非常清秀，龍哥找

了小紅在勒戒所外等待，用免費毒品做為交換身體的條件，這些女人就這樣成了龍哥的性奴隸。

「龍哥，人家也要。」一位女人靠近龍哥耳邊說。

「好啊！」於是龍哥才一會兒就跟五個女人親熱。

天亮了，龍哥早已不知去向，王漢翔抱著小紅躺在沙發上，王漢威則是被一個五十歲左右的男人從背後抱著，其他的人，有的獨坐在地上，也有人全身赤裸趴在茶几上，另一個房間的女人幾乎全都還在睡。

王漢翔、王漢威從此掉入海洛因的世界，小紅為了免費毒品，也都會答應王漢翔的邀約，並跟他做愛。當小紅發現自己也染上愛滋病的時候，王漢翔、王漢威兩人早就放棄治療，因為他們拿了許多鑽石，離開了大哥王漢聲。

「你們有愛滋病？」小紅問。

「對啊！有什麼好奇怪的。」

「我被你傳染了，你要幫我出醫療費。」小紅說。

「哈～憑什麼？」王漢翔冷冷地問。

「你怎麼可以這樣對我？」

「大家都吸了毒，發生什麼事都不知道，怎麼知道妳還跟誰做過？」

「我……」小紅確實沒把握，因為她當時太興奮了。

「龍哥，我得了愛滋病，可以幫我嗎？」小紅問。

「好啊！妳等一下。」龍哥說完後，彎腰拿起藏在桌底的手槍，朝著她的胸口開了兩槍，小紅當場倒地。

「愛滋病！我也有，哈～～～」龍哥在自己的房間內殺了小紅，並開始狂笑。

「龍哥，今天怎麼都沒人？」王漢翔問。

「有的人沒錢買了，有的進去關了。」

「小紅呢？」

「我怎麼知道？你不是她的男人嗎？」

「我跟她只是炮友。」

「炮友？所以她的愛滋病是你傳染的？」

「是的。」

「怎麼不去治療？」

「之前有去，最近才中斷的。」

「算了，我要出國一趟，你們今天要多少？」

「一個月的份量好了。」

「一百萬。」

「這麼多？」

「不要就拉倒，我看你也找不到別的貨源了。」

「好，鑽石收不收？」

「給我。」龍哥仔細看了一會。

「三克拉，值兩百多萬。」王漢翔說。

「好，我給你兩百萬的貨，等我回國，我會通知你。」

「我也要。」一個女人走到王漢翔身邊。

「坐啊！叫什麼名字？」

「曉月。」三人在那間大房間裡，這時又進來四個女人。

「我們也要。」

「沒問題啊！知道規矩嗎？」她們都沒開口，就脫去衣物，只剩下內褲。

「可以開始了嗎？」曉月在王漢翔耳邊問。於是兩兄弟跟五個女人在那裡大吸特吸，完全不顧後果，當然，他們也跟這五個女人發生肉體關係。連續幾天之後，王漢翔發現海洛因存量不多，於是離開那裡，回到自己的住處。

「怎麼不繼續玩？」王漢威問。

「只剩這些了，我們要省點用，如果龍哥太慢回來，我們兩個會有生命危險。」王漢翔拿著僅剩的海洛因說。

「好險你發現了，不然就慘了。」

「我們應該要找新的貨源，不然的話，會被龍哥吃的死死的，價格還隨他喊。」

「你有人選嗎？」

「有，小紅的電話簿裡，應該有線索。」王漢翔比著桌上的一本筆記本。

「找到了，這幾個應該都是。」王漢威比著有暗號的那些號碼跟綽號。

「去買一張易付卡，條子現在還有監聽我們。」

「沒問題，鑽石還有多少？」

「大概一千萬。」

「我現在就去處理電話的問題。」

「小心點，別像上次，被大哥找到了。」

「知道了！真囉嗦。」

「對了，買點吃的回來，別叫外賣了，萬一他們報警，我們一定跑不掉的。」

貳拾壹：傾家蕩產

　　王漢翔跟弟弟很快就找到新的貨源，由於兩人的需求量越來越大，一天就要花五萬元左右，即使有一千萬在手，也只能勉強撐半年左右，於是，他們又把歪腦筋動到家裡的銀樓，見到兩個弟弟回家，縱使有再多的不是，王漢聲也不願責備了。

　　「你們終於回來了，怎麼變這麼瘦？」

　　「減肥啊！你不是一直嫌我們太胖。」王漢翔說。

　　「說的也是，晚上就睡家裡，我去幫你們整理床舖。」

　　當王漢聲整理完回到一樓，他被眼前的景象嚇傻了，所有的金飾、鑽石、翡翠等高級的珠寶全都不見了，連二樓那些最貴重的裸石、祖母綠也都不見了。

　　「損失多少？」賴良忠問。

　　「一億多，這兩個臭小子，竟敢把值錢的全拿走了。」王漢聲無奈的看著空無一物的珠寶櫃。

　　「要給他們教訓嗎？」

　　「爸爸要我好好照顧他們，沒想到他們這麼不上進。」

　　「這樣吧！我先通報其他銀樓，不準收這批珠寶，再跟上級開會，看什麼時候可以大掃蕩。」

　　「有什麼用？他們已經瘦得皮包骨，快死了。」

　　「這麼嚴重？不是有帶去戒毒？」

「他們之前偷了價值兩千萬的裸石，應該都拿去吸毒了。」

「你多久沒看到他們了？」

「幾個月而已。」王漢聲此時淚流滿面，泣不成聲。

「龍哥，你有多少貨可以給我？」王漢翔問。

「三千萬吧！」他比著桌上那些剛進貨的海洛因。

「我全要了。」

「都給你，其他人要吸空氣嗎？」

「我給你雙倍價格。」王漢翔拿出那一億多的珠寶。

「現在風聲很緊，沒人敢收來路不明的珠寶。」

「你想怎樣？」

「全給我，貨全歸你。」

「你想趁火打劫？」

「別說的那麼難聽，做生意是將本求利。」

「給你一半呢？」

「那就一半的貨。」

「那算了，我找別人好了。」王漢翔此話一出惹來殺機，龍哥悄悄拿起裝了滅音器的手槍，朝兩兄弟各開了三槍，撿起掉在地上的那包珠寶，冷笑地看了看死不瞑目的兩人，然後揚長而去。

　　龍哥將所有人撤離，交代兩個人戴上口罩，買了五桶二十公升的汽油，在大房子的許多角落都灑上汽油，一把火燒了這個地方，由於是刻意燒的，火勢很快就吞噬整間房子，甚至漫延到隔壁。

　　「漢聲，我要告訴你壞消息。」賴良忠在電話中說。

　　「你說吧！」

　　「他們兩個，可能死在火災現場了。」

　　「確定是他們嗎？」

　　「你的車停在附近，還有漢翔的藍寶石戒指，應該錯不了，不過，都燒焦了，必須驗 DNA，你過來分局一趟吧！」

　　「我現在就過去。」

貳拾貳：美人難過金錢關

「怡靜啊！妳怎麼變得那麼有錢？」看著怡靜總是開賓士代步，秦美玉不禁好奇的問。

「我說了，妳可不能告訴別人喔。」

「這麼神秘？」

「怎樣？妳能保密嗎？」

「沒問題，妳快說嘛！」

「賣咖啡包給同學啊！」

「那是什麼？」

「就喝了會很 Hi 的那種。」

「毒品？」

「小聲點，我現在已經沒賣了。」

「喔！那妳現在都忙些什麼？」

「不瞞妳說，我剛結婚，老公很有錢，什麼都不用做。」

「這麼好？帶我去妳家看看嘛！」

「好啊！」於是秦美玉到了怡靜的家。

「這是我老公，她是秦美玉，秦美珠的妹妹。」怡靜說。

「大明星的妹妹，幸會，叫我源哥就行了。」

「源哥好，你家好大，好漂亮。」三人坐在客廳聊天。

「羨慕嗎？」源哥問。

「當然啊！誰不喜歡錢多。」秦美玉說。

「要用命拼的。」

「有什麼關係，我姊姊也是拼了命在賺錢。」

「聽說她暫時退出演藝圈了。」

「對啊！我二姊害她賠了好多錢。」

「妳想賺大錢嗎？」

「當然想啊！」

「昧著良心呢？」源哥盯著她的眼睛看。

「有什麼關係，反正我不做，也是很多人搶著做，對社會的危害是沒有改變的，差別只是錢被誰賺走了。」

「哈～妳的見解很特別，不過也很有道理，相信怡靜已經告訴妳了。」

「是的，這也是我來的用意。」

「對於我跟怡靜的身份，妳可以守口如瓶嗎？」

「源哥的意思是？」

「萬一出事，妳可以自己扛嗎？」

「放心，我不會出賣你們的。」

「很好，妳每天有多少時間？」

「兩個小時吧！」

「夠了，怡靜會先帶妳認識那些接頭的人，如果妳想賺更多的話，就要自己想辦法了。」

「謝謝源哥。」於是秦美玉跟著怡靜跑了幾天，把該認識的人都聊了一會，也清楚知道該怎麼做了。

「這是套房的鑰匙，貨會寄到管理室，記得，把貨放在套房裡，想賣多少就拿多少，避免有太多的貨在身上。」

「還有什麼要注意的？」

「熟記這間直銷商的所有事項，出了事，就推給上線。」

「這樣行得通嗎？」

「放心，我們的包裝，還有條碼都仿造的一模一樣。」

「所以我要去直銷公司上課，對吧！」

「那是當然，還要印名片，這樣才能魚目混珠。」

「所以我還要跟直銷公司進一些貨。」

「妳這麼聰明，一定可以一直做下去的，對了，錢不要存銀行，妳另外找間套房放，或者，換成珠寶或金飾，這樣就不會留下證據了。」

「如果錢真的很多呢？」

「開間高級服飾店、畫廊，製造假交易洗錢啊！」

「果然跟我想的一樣。」

「總不能家裡放幾千萬，整天提心吊膽的，被偷就算了，警察來了該怎麼交代金錢來源啊！」

「你們都怎麼洗？」

「養幾個朋友，讓他們輪流到店裡光顧，過一段時間，再把那些畫重新上架，如果妳想賣一些新的畫也可以。」

「怡靜，真的非常謝謝妳，如果將來賺大錢，我一定不會忘記妳的。」

「別客氣了，妳賺錢就是我賺錢，對吧！」

雖然怡靜教了許多事，但秦美玉是個非常聰明又漂亮的女孩，她利用那五十個男生想要追求她的企圖，讓這些男生心甘情願幫她送貨，而這些男生根本不知道送的是毒品，還以為真的是直銷商的咖啡而已。短短幾個月，她就賺了一千多萬。

「美玉，妳的表現讓我刮目相看。」怡靜在家中說。

「多虧妳的幫忙，這是這個星期的錢。」美玉拿了三百萬放在茶几上。

「都是自己人了，別這麼客氣。」

「我該走了，再見。」

　　秦美玉就這樣過了剩下的大學三年，過程中雖然有些男生退出追求她的行列，但總有新的同學或是學長、學弟加入她的販毒網路，同時她也吸收了幾個想賺錢的女生，將版圖擴展到高中，終於，她成了北部地區最大的咖啡包毒品供應商，身價也已經高達五億。

　　「小梅，妳跟著我多久了？」秦美玉在家中問。

　　「兩年半。」

　　「我想退休了，我把棒子交給妳，好嗎？」

　　「這麼好賺的事業，妳想讓給我？」

　　「妳跟我一樣，都是很多男生追求的目標，要利用他們送貨，輕而易舉，不是嗎？」

　　「話是沒錯，可是，妳現在的規模這麼大，我一個人恐怕忙不過來。」

　　「妳可以接多少？」

　　「最多三成吧！」

　　「好啊！就分三成給妳。」

　　「其他的呢？」

　　「別擔心，很多人想要這個位置的，出來吧！」

　　「美玉姊。」另一個清純的女生出現了。

　　「小梅，小雨。」秦美玉介紹兩人認識。

「小雨，妳應該聽到了，妳接七成，小梅三成。」

「沒問題，我還有事，先走了。」小雨說。

「什麼時候過來？我要教妳們兩個全部的事。」

「要多久？」

「一個小時吧！」

「那我晚點就過來。」

「好，我等妳。」

秦美玉順利將所有販賣事業交棒，毒品就這樣繼續在校園裡危害許多學生，秦美玉說的或許真的沒錯，她不賣，還是會有人賣的，只是誰賺走這些錢，該怎麼努力讓毒品消失？是個難解的題目。

貳拾參：大掃蕩

　　由於小梅跟小雨把秦美玉的販毒手法發揮的淋漓盡致，北部的大學、專科、高中幾乎全面淪陷，問題已經嚴重到無法收拾，逼得政府在輿論的壓力下開始大掃蕩。

　　「我收到消息，政府要開始掃毒了，所以必須暫停供貨。」源哥說。

　　「我沒問題，我早就跟你們一樣，退居幕後。」秦美玉對著怡靜跟源哥說。

　　「那就好。」於是秦美玉把源哥的話轉述給小梅跟小雨，她們又把話往下傳，一時之間，北部的咖啡包奇貨可居，竟然漲了三倍之多，賣貨的正是龍哥。

　　「龍哥，太貴了啦！我們喝不起。」河堤公園裡，一名小藥頭站在賓士旁邊說。

　　「喝不起就別喝啊！」龍哥看著手錶，一臉不屑地說。

　　「別這樣啦！好歹我也跟你買好幾年了。」

　　「少在那邊攀關係，不買就快滾，我還有別的地方要發貨。」龍哥的態度非常強硬。

　　「那就先給我三盒吧！」

　　「這麼少？」

　　「龍哥，你把價格漲三倍，我當然只能拿三盒。」

　　「浪費我的時間，拿去。」就在此時，數十名警察把他們兩人團團圍住，龍哥坐在駕駛座上，沒有熄火，他立即將檔位打至 D 檔，用力踩油門想要逃跑，警察開始開槍，不過只打中車身，他很快就逃走，正當他以為安全了，突然間爆胎了，原來他壓到了警方安排的釘板，他立即下車狂奔，一聲對空鳴槍後他仍然繼續跑，一個狙擊手瞄準了他的大腿開了一槍，龍哥應聲倒地，兩名制服員警靠近他，想要把他上銬，沒想到他拿出手槍，朝兩人開槍，兩人倒在地上，分別是左肩跟腹部中彈，狙擊手見狀立即補了兩槍在龍哥胸部，他倒在血泊中，逐漸失去意識。

　　「你搞什麼？怎麼會沒穿防彈衣？」市長辦公室裡，市長對著警察局長咆哮。

　　「報告市長，您要求今天要擴大臨檢，全部的防彈衣都被他們穿走了。」

　　「什麼？防彈衣不夠？」

　　「是啊！上次我提議要採購，是您說要省錢，所以暫緩採購，您忘了嗎？」

　　「你現在是怪我，是嗎？」

　　「不敢，不過，這個黑鍋我不背。」

　　「你不背誰背？」

「你自己想辦法啊！」

「你有種。」市長非常生氣，但也拿警察局長沒辦法。

「署長，您聽一下。」警察局長把他跟市長的對話錄音後，找了警政署長。

「太不像話了，簡直拿員警性命開玩笑。」

「總之，這個黑鍋我不背。」

「沒問題，我會找內政部長商量的。」

「麻煩學長了。」

事情鬧到了內政部長那邊，不過市長也不是省油的燈。

「防彈衣本來就應該中央採購，怎麼可以怪我？」市長瞪著內政部長說。

「預算已經撥給你，是你自己不買的。」兩人爭執了半天，就是沒人願意負責。

「妳看，好在我們暫停發貨了。」小雨比著報紙對小梅說，上面是龍哥被當場擊斃的新聞。

「我看，該是我們退休的時機了。」小梅說。

「妳想退休？」

「妳已經有兩億多了，還想再賺嗎？」

「嗯！」

「等風頭過了，我那分都給妳。」

「謝啦！」小雨搭著小梅的肩。

「先別謝，等妳真正掌握市場再說吧！」

　　而在中部，因為賴良忠放長線釣大魚，跟蹤了吸毒者，進而追蹤到小藥頭，找到發貨者，終於追到了製毒工廠。

　　「報告局長，我需要兩百人才能完成這個任務。」賴良忠在會議上說。

　　「可是，旁邊有民宅，你有把握嗎？」

　　「如果您願意放寬標準，讓狙擊手加入，就沒問題。」

　　「未審先判，不太好吧？！」

　　「沒什麼不好，這些人渣，少一個是一個。」

　　「我要問問上級。」於是緝毒行動受阻。

　　「布萊特，我需要你們兩個。」賴良忠撥了電話。

　　「要多久？」

　　「一天就夠了。」

　　「明天下午到。」

「怎麼啦？」台中公園湖心亭裡，布萊特問。

「局長只想保烏紗帽，不肯派狙擊手抓販毒工廠。」

「他是靠拍馬屁升官的，難怪不敢抓，萬一背後的金主是達官貴人，他的仕途就完了。」

「哼！狗官。」

「別氣了，找個隱密的地方研究如何進攻吧！」

製毒工廠外，異常安靜，沒有任何人車經過，傑森在一處高點架好了狙擊槍，瞄準大門，賴良忠帶了十幾人，全都穿著防彈衣帶頭盔，守在後門，但工廠還有地下通道，不過布萊特等人並不知情。布萊特爬上工廠屋頂，用無線電通知眾人。

「倒數十秒。」

「收到。」接著布萊特拿出裝了滅音器的手槍，朝著其中一人開槍，然後摸到另一人背後，搗住嘴並同時將一把刀插入他的左胸。

「幹什麼？」這時有人發現布萊特，他大聲喊，布萊特一槍擊中他的腹部。其他人見狀，紛紛拿起手槍反擊，有的則是往門外跑，而傑森剩機擊中他們的小腿或大腿。後門這邊，兩個人被賴良忠的人逮捕，不過有三個人逃進地下通道。

「有地道，應該是通到田裡面。」布萊特用無線電通知。

「收到。」賴良忠立即讓剩餘的人力散開。

「裡面還有人嗎？」傑森問。

「沒有了。」

「我到工廠屋頂看看，你小心點。」於是布萊特小心翼翼進入地下通道，但黑漆漆的，他用打火機點亮眼前的空間，發現牆上掛了手電筒，他打開手電筒往遠方一照，他們已經在五十公尺外，布萊特將滅音器拆掉，朝他們開了三槍，雖然沒有擊中，但賴良忠已經知道通道的出口在那裡，順利逮捕他們。

「有多少？」製毒工廠裡，賴良忠問。

「一千五百萬包。」一位刑警說。

「這麼多？」

「分局長到了嗎？」

「到了，不過，警察局長也來了。」

「他來幹嘛？」

「不知道。」

「說我請假，沒來。」

「我知道了。」賴良忠從地下通道溜走，不想跟警察局長碰面，反而找了吳宗志、布萊特、傑森，到一處海產餐廳敘舊。

「我們的貨源被抄了。」源哥在家中對秦美玉說。

「我會告訴他們的。」秦美玉說。

「沒想到，這次警方來真的。」

「怎麼說？」

「之前有警察局長罩著，這種大型追捕都會先放風聲，讓兄弟們有時間避開。」

「他的膽子也太大了吧？」

「為了錢而已。」

「你一個月給他多少？」

「五十萬，希望他不會笨到拿去銀行存。」

「哈～有可能嗎？」

「別笑，之前就發生過，那個警察還牽連了幾十個同事。」秦美玉就這樣跟源哥、怡靜聊了許久。

南部因為是走私毒品的大本營，所以也破獲了三個不同的販毒集團，不過，真正的問題才要開始。

貳拾肆：改邪歸正

　　每次掃毒之後，就會出現一堆買不起毒品的人進入勒戒所，甚至讓監獄爆滿，當然，也會讓毒品價格高居不下，因此，有點存貨的大盤都會趁火打劫，或是趁機把價格炒高，這一次也不例外，監獄突然多了一千多人。

　　「源哥，還要繼續嗎？」秦美玉問。

　　「不了，我這輩子，做了太多壞事，讓別人去做吧！」

　　「剩下的貨怎麼辦？」

　　「送給妳吧！」

　　「我才不要。」

　　「那妳還問。」

　　「接下來要幹嘛？」

　　「做點善事吧！」

　　「你想怎麼做？」

　　「我在市區的三間店面，每個月租金七十萬，捐給孤兒院，洗錢的畫廊，轉成真正的畫廊，賣一些好作品，賺的錢也是捐出去。」

　　「你捨得嗎？」

　　「再多的錢，也買不到幸福，怡靜一直沒辦法懷孕，醫師說可能無法生育，唉～報應啊！」源哥嘆了一口氣。

「我找人幫你生。」

「那也要怡靜答應。」

「放心，我太了解她了，她會答應的。」

「源哥說妳不孕，是真的嗎？」秦美玉在廚房問怡靜。

「當然是真的，在台大的時候，先是被學長騙，說什麼他可以控制射精，結果他不止沒控制，還把我抱得緊緊的，害我只好墮胎，真是混蛋！跟前男友同居後，又拿了兩次，有一次送貨，被轟趴中的男同拉進屋子，五個男人強姦我，還好沒得愛滋，不過我又拿了一次。」

「沒想到妳的命運這麼坎坷。」

「妳問這幹嘛？」

「源哥想要有個小孩。」

「他派妳來做說客？」

「不，妳聽我說，可以找代理孕母啊！妳們現在這麼有錢，費用絕對不是問題。」

「好吧！全聽妳的，妳幫我安排就好。」源哥跟怡靜從此過著平淡的日子，也如願生了一個女兒。

回到台中的秦美玉，跟姊姊秦美珠住在一起。

「二姊呢？」

「南屯路，靜和。」

「什麼時候的事？」

「李聖恩的小孩出生那天。」

「二姊怎麼那麼傻，她那麼漂亮，還怕沒男人。」

「愛情很複雜的，每個人的狀況不同。」

「算了，等等一起去看她好嗎？」

「當然好。」

「妳什麼時候要復出？」

「不了，演藝圈太複雜，我想平淡過日子，倒是妳，為什麼販毒？」

「妳怎麼知道的？」

「一個八卦雜誌的記者告訴我的，他說妳開 BMW 上學，住的是大坪數的豪宅，還跟五十個男生糾纏不清，我沒說錯吧！」

「車子跟房子是真的，那些男生只是幫我送貨。」

「還好這個記者是我的忠實影迷，我給了他一百萬，請他離開八卦雜誌社，這件事才沒曝光。」

「一百萬耶。」

「自己看吧！」秦美珠拿出數百張照片，裡面除了秦美玉之外，都是幫秦美玉送貨的男生，還有小梅、小雨、源哥跟怡靜。

「姊，對不起！我現在已經沒有賣了。」

「我知道。」

「走吧！去看妳二姊。」經過數年的治療，三姊妹同住一個屋簷下，直到半年後，秦美珠跟王漢聲結婚，而秦美玉也聽了姊姊的話，接受了那個最喜歡她的同學，兩人開始同居。至於秦美鳳，因為吸毒跟精神病，沒有人敢接近她，注定要孤獨一生。

雖然李彤是大陸女孩，而且是風塵女，但卻讓詹一傑難以忘懷，除了性愛，李彤經常逗得他非常快樂，因此詹一傑在李彤回大陸前求婚。

「妳願意嫁給我嗎？」

「你不計較我的過去？」

「每個人都有秘密，也都有不可告人的過去。」

「你的過去是什麼？秘密又是什麼？」

「我曾經是個販毒的壞蛋，也殺過人。」

「所以我們是男盜女娼？」

「哈～誰會這樣說自己的。」詹一傑有點尷尬的笑。

「你去孤兒院是為了贖罪，對吧！」

「捐再多錢也無法彌補我犯的錯。」

「別這樣，正所謂放下屠刀，立地成佛。」

「沒想到，妳還挺有學問的。」

「念過一點書，如果不是我父親好賭，我也不會被賣來台灣。」

「我就知道妳是個好女孩。」

「你又知道了！」

「難道妳還有什麼秘密？」

「不告訴你。」

「怎麼這樣啊！不公平。」詹一傑跟李彤結婚後，生下一對龍鳳胎，過著平淡的日子，偶爾會到孤兒院捐款，有時還會當義工。

小梅拿著源哥的那些存貨，想要大撈一筆，卻被自己人出賣，在交易的時候被綁到一間破屋裡，除了被強姦，還被搶走了貨，還好小雨跟在後面，並通知了源哥，源哥找了一幫講義氣的兄弟破門而入，這才讓小梅保住了小命。

「把人放了，我可以當做什麼都沒發生。」源哥說。

「你說的，兄弟們，走吧！」

「為什麼要放他們走？」小梅憤憤不平。

「妳想打死他們？還是告他們強姦？或是讓他們咬妳販毒的事？」

「都不要。」

「那就走吧！」源哥脫掉自己的襯衫，遮住小梅裸露的身體。

經過這次的教訓，小梅也乖乖的當個正常人，找小雨合資買了一間店面，在熱鬧的台北市區開了一家咖啡廳，賣起高檔的咖啡豆，還有每天限量十杯的冰滴咖啡，雖然一杯要價一千五百元，還是有很多貴婦願意掏錢買單，每天下午，就會有很多部高級轎車停在附近，只為了一嚐這傳說中的冰滴咖啡。

警察局長因為長期收賄，在一次肅貪中被發現有太多的不明財產，不過他不敢公開是那些人賄賂，因為會有滅門之禍，所以就丟了烏紗帽，還被判刑五年，最後在獄中抑鬱而終，死的時候已經六十九歲。

～完～

　　吸毒是條不歸路，高中的時候，表哥因為吸毒跟販毒進了監獄，兩個表姊氣得想跟他脫離關係，阿姨也因此經常以淚洗面，甚至傾家蕩產，多年來，表哥進出監獄的次數早已讓人懶得去算，如今快六十歲了，阿姨跟姨丈早已過世，親友們看見他就像看到鬼一般，避之唯恐不及，想伸出手幫忙，又怕他把錢拿去買毒，這樣的心情真讓人難以接受。

　　隔壁的小鬼總是提回一堆成人紙尿褲，聽他的爺爺抱怨之後才知道，是吸食 K 他命造成的，他的狀況已經不可逆轉，必須終身依靠紙尿褲才能出門，這種毒品的後遺症真的非常可怕，千萬別碰。

　　年輕的時候，遇到過一位吸食安非他命的同事，他可以好幾天不睡，但如果藥效過了，他就會呼呼大睡，怎麼樣也叫不醒，只能任由他躺在地上或椅子上，就算過了兩天，他也未必會醒，最糟糕的是臉上出現許多類似青春痘的紅疹，連頭皮上都有不少，最後的結果就是離開公司。

　　販毒如果是大盤都賺很多錢，不過風險非常高，可能被小弟出賣而殺死、入獄十五年以上、甚至死刑都有可能，或是交易的時候黑吃黑，怎麼死都不知道。總之，這是門檻很高的行業，要有一筆為數不少的現金當本錢、販賣的下線、自保的武器等，如果上游不見了，就沒得賺了，下游被逮了，也是沒得

賺，萬一持有的數量超過法定數量，不是死刑就是無期徒刑，關二十年大概是基本消費，別輕易以身試法。

　　而販賣軍火也是高門檻的行業，要有供貨者、運送者、消費者或是仲介者，而且也常出現黑吃黑，所以，多半是狠角色在販賣槍械，一不小心就會成為亡命之徒，一旦走上不歸路，不是被槍械殺死、就是獄中老死，犯下滔天大罪被判死刑的也很多，能全身而退的幾乎沒有，也就是說這類人在台灣並不多見，而且只要一出現，媒體都會配合政府連續播放相關資料，讓他們無所遁形。

國家圖書館出版品預行編目資料

不存在的世界／藍色水銀　著. —初版.—
臺中市：天空數位圖書　2020.04
面：公分
ISBN：978-957-9119-76-4（平裝）

863.57　　　　　　　　　　109005773

書　　　　名：不存在的世界
發　行　人：蔡秀美
出　版　者：天空數位圖書有限公司
作　　　者：藍色水銀
校　　　對：白雪
製　作　公　司：璞臻有限公司
　　　　　　　此木有限公司
版　面　編　輯：採編組
美　工　設　計：設計組
出　版　日　期：2020 年 04 月（初版）
銀　行　名　稱：合作金庫銀行南台中分行
銀　行　帳　戶：天空數位圖書有限公司
銀　行　帳　號：006-1070717811498
郵　政　帳　戶：天空數位圖書有限公司
劃　撥　帳　號：22670142
定　　　價：新台 290 元整
電子書發明專利第　I　306564 號　　　　　版權所有請勿仿製

紙本書編輯印刷：
電子書編輯製作：
天空數位圖書公司　E-mail：familysky@familysky.com.tw　http://www.familysky.com.tw/
地址：40255台中市南區忠明南路787號30樓國王大樓　Tel：04-22623893　Fax：04-22623863